S0-CDQ-992

Bianca

Lynn Raye Harris
Cuarenta noches con el jeque

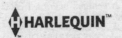

HARLEQUIN

Editado por HARLEQUIN IBÉRICA, S.A.
Núñez de Balboa, 56
28001 Madrid

I.S.B.N.: 978-84-687-0350-3
Depósito legal: M-17824-2012
Editor responsable: Luis Pugni
Fotomecánica: M.T. Color & Diseño, S.L. Las Rozas (Madrid)
Impresión en Black print CPI (Barcelona)
Fecha impresion para Argentina: 14.1.13
Distribuidor exclusivo para España: LOGISTA
Distribuidor para México: CODIPLYRSA
Distribuidores para Argentina: interior, BERTRAN, S.A.C. Vélez
Sársfield, 1950. Cap. Fed./ Buenos Aires y Gran Buenos Aires,
VACCARO SÁNCHEZ y Cía, S.A.
Distribuidor para Chile: DISTRIBUIDORA ALFA, S.A.

Capítulo 1

YA ESTABA hecho. Sydney Reed dejó el bolígrafo y se quedó mirando los documentos que acababa de firmar.

Papeles de divorcio.

El corazón se le salía por la boca y las palmas de las manos le sudaban sin cesar. Tenía el estómago agarrotado. Se sentía como si alguien le hubiera arrebatado la última pizca de felicidad que jamás tendría. Pero en realidad era absurdo pensar eso. Porque no había felicidad posible cuando se trataba del príncipe Malik ibn Najib al-Dhakir. Con él solo había dolor y confusión. Por mucho que le molestara, con solo pensar en él, sentía un escalofrío por la espalda. Su jeque exótico, el amante perfecto, su marido...

Su exmarido.

Sydney metió los papeles dentro del sobre y llamó a su asistente, Zoe. ¿Por qué era tan difícil? No debería haberlo sido. Malik nunca la había querido. Había sido ella quien lo había sentido todo. Pero no era suficiente. Una sola persona no podía sentir por dos. Por mucho que lo intentara, Malik jamás la querría. Simplemente no era capaz de ello. Aunque fuera un amante generoso, su corazón seguía siendo de hielo.

¿Y cómo iba a ser de otra manera?

Sydney frunció el ceño. No era que no pudiera amar. Simplemente no era capaz de amarla a ella. No era la mujer adecuada para alguien como él. Jamás lo había sido.

Zoe apareció en la puerta, tan diligente y eficaz como siempre.

–Llama al mensajero. Necesito que entreguen esto enseguida –dijo Sydney antes de cambiar de opinión.

La asistente no se fijó mucho en el temblor que sacudía los dedos de Sydney al entregarle los documentos.

–Sí, señorita Reed.

Señorita Reed... Ya no volvería a ser la princesa Al-Dhakir. Nunca volvería a serlo.

Sydney asintió con la cabeza, porque no sabía si sería capaz de hablar. Se volvió hacia el ordenador nuevamente. Las letras se veían borrosas en la pantalla, pero tenía que seguir adelante con el trabajo. Apretó los dientes y siguió elaborando la lista de propiedades que iba a enseñarle al cliente con el que había quedado más tarde.

¿Cómo había sido tan idiota? Había conocido a Malik un año antes. Uno de sus empleados había llamado a la inmobiliaria de sus padres para concertar una cita con un agente. Por aquel entonces ella no sabía quién era él, pero se había informado bien antes de conocerle.

Príncipe de Jahfar. Hermano del rey. Jeque y dueño de todo un país. Soltero. Escandalosamente rico. Un playboy internacional. Un rompecorazones... Incluso había encontrado un artículo publicado en la prensa del corazón en la que aparecía una actriz que declaraba, entre lágrimas, que se había enamorado del príncipe Malik, pero que él la había abandonado por otra mujer.

Sydney había acudido a la reunión muy bien preparada, con toda la información necesaria para cerrar un buen trato, y también llena de desprecio hacia ese ricachón superficial que utilizaba a las mujeres como si fueran objetos. Por aquel entonces jamás se le hubiera ocurrido pensar que él pudiera interesarse por alguien como ella. Ella no era glamurosa, no era una estrella de cine, no era ninguna de esas mujeres en las que un jeque mujeriego se fijaba. Pero al final había sido ella misma quien había caído. Malik era tan encantador, tan sutil... Distinto a todos los hombres a los que había conocido hasta ese momento. Nada más mirarle a los ojos, no había podido resistirse. No había querido resistirse. Se había sentido halagada al ver su interés. Él la había hecho sentir hermosa, especial... La había hecho sentir todas esas cosas que no era en realidad. Una daga de dolor se clavó en su corazón. El mayor talento de Malik era hacer sentir a una mujer que era el centro el universo. Y eso era felicidad, mientras duraba... Sydney apretó los labios, tomó la lista de la impresora y la metió dentro de su maletín. Después se puso la americana blanca de algodón que colgaba del respaldo de su silla. No quería sentir más pena por sí misma. Esa parte de su vida había terminado para siempre. Malik se había alegrado mucho al librarse de ella y por fin estaba dando el último paso para sacarle de su vida de una vez y por todas. Casi había esperado que fuera él el que lo hiciera, pero ya hacía más de un año desde que lo había abandonado en París, y él ni siquiera se había molestado en dar el paso. Fuera cual fuera el motivo, el corazón de Malik estaba cubierto de hielo, y ella no era la persona capaz de derretir esa gélida capa.

Sydney se despidió de su asistente, pasó por el despacho de su madre un momento y salió de las oficinas, rumbo al coche. Después de una hora de atasco en el denso tráfico de Malibú, llegó por fin a la primera casa. Aparcó en la glorieta circular y miró el reloj. El cliente iba a llegar en quince minutos. Asió el volante con fuerza y se obligó a respirar hondo durante un par de minutos. Se sentía nerviosa, inquieta, pero no podía hacer nada al respecto. Ya había mandado los documentos. Era el fin.

Hora de seguir adelante.

Entró en la casa, encendió las luces, abrió las gruesas cortinas para enseñar las maravillosas vistas... Se movía como un robot, como un autómata sin voluntad propia... Atusó los cojines que estaban sobre el sofá, echó un poco de ambientador con olor a canela, y sintonizó una emisora de jazz en la radio. Después fue a la terraza y miró el correo electrónico en el teléfono móvil mientras esperaba al cliente. A las siete y media en punto, sonó el timbre.

Empezaba el espectáculo.

Respiró profundamente y fue hacia la puerta con una gran sonrisa plástica en los labios. Siempre había que recibir al cliente con mucho entusiasmo. Esa era una de las reglas de oro de su madre. A lo mejor no era la mejor vendedora del equipo de Reed Sales, pero sí trabajaba duro para serlo. Tenía que hacerlo. Siempre había sido el patito feo de la familia Reed, la hija pródiga, la gran decepción... Aquella por la que sus padres se veían obligados a sacudir la cabeza y a sonreír con indulgencia cuando en realidad querían preguntarle por qué no podía ser como su hermana perfecta. Lo único por lo que se habían sentido orgullosos de ella había sido su matrimonio con un príncipe. Pero también había fracasado en eso. Ellos no le decían nada, pero ella sabía que se sentían profundamente decepcionados. Sydney abrió la puerta y su sonrisa se esfumó nada más ver al hombre que estaba en el umbral.

–Hola, Sydney.

Durante un minuto no pudo ni moverse. No pudo hablar. No pudo respirar. Estaba embelesada, paralizada, cautivada por el negro resplandor de unos ojos oscuros, ardientes... Un pájaro cantaba desde un árbol cercano, pero la dulce melodía sonaba extrañamente distorsionada. Toda su atención estaba puesta en ese hombre que estaba en la puerta; ese hombre al que no había visto más que en las portadas de las revistas y en la televisión durante más de un año. Seguía siendo espectacular. Era el desierto. Duro, cruel, hermoso... Había sido suyo una vez... No. No lo había sido. No había sido más que una ilusión. Malik no era de nadie excepto de sí mismo.

–¿Qué estás haciendo aquí? –le preguntó finalmente.

–¿No es evidente? –respondió él, levantando una ceja con un gesto sarcástico–. Estoy buscando casa.

–Ya tienes una casa –le dijo ella–. Yo te la vendí el año pasado.

–Sí, pero nunca me ha gustado mucho.

–¿Y entonces por qué la compraste? –le espetó ella. El pulso cada vez se le aceleraba más.

Los ojos de Malik centellearon. Sydney casi retrocedió un paso, pero finalmente logró mantenerse firme y aguantó la embestida de esos ojos implacables que la habían cautivado sin remedio. Él se había apoderado de ella y su influjo era igual de peligroso que siempre. Con solo una mirada podía llevarla a la perdición... Sydney sintió una punzada de dolor en el vientre.

Él esbozó media sonrisa, pero no había alegría en su expresión.

–La compré porque tú querías que lo hiciera, *habibti*.

Sydney sintió que sus pies estaban clavados al suelo. El estómago le daba vueltas sin parar y los ojos le escocían. Sentía tanto dolor y tanta rabia al verle de nuevo... Había tratado de acostumbrarse a su inevitable presencia en los medios leyendo todos y cada uno de los artículos sobre él publicados en prensa; todas esas historias sobre sus últimas conquistas que le cercenaban el corazón. Se había dicho a sí misma que solo era cuestión de tiempo que regresara a Los Ángeles y que, si volvía a encontrárselo de nuevo, mantendría la frente bien alta y se comportaría como una efigie de hielo.

Se apartó de la puerta, decidida a mostrarle todo el desprecio del mundo. No le necesitaba... Nunca le había necesitado. Solo había creído que sí... No importaba lo que sintiera por dentro. Por fuera tenía que llevar esa máscara imperturbable, tan fría como la de él.

—Y tú siempre haces lo que la gente quiere que hagas, ¿no?

Malik entró en la casa y cerró la puerta.

—Solo si me gusta –la miró de arriba abajo. Llevaba un traje a medida, como no podía ser de otra manera. Gris claro. La camisa azul que llevaba debajo tenía un par de botones desabrochados, lo justo y suficiente para enseñar la base de su cuello.

Ella conocía muy bien ese punto de su cuerpo, conocía su sabor, tu textura...

Sydney dio media vuelta y se dirigió hacia los ventanales que estaban al otro lado de la estancia. Su corazón latía al triple de velocidad. La cabeza le retumbaba. Sentía la piel tirante.

—Entonces quizá te guste la idea de comprar una casa con unas vistas como estas. No me vendría nada mal la comisión.

—Si necesitas dinero, Sydney, solo tienes que pedirlo.

Sonaba tan frío, tan lógico, tan imparcial... Como si estuviera decidiendo qué corbata ponerse ese día.

Una ola de amargura cayó sobre Sydney. Aquello era tan típico de él. Las emociones de Malik nunca entraban en el juego. El error lo había cometido ella al pensar que podía marcar la diferencia.

Se volvió hacia él.

–No quiero tu dinero, Malik. ¿Por qué no te vas antes de que llegue mi cliente? Si tienes algo que decirme, me lo puedes decir a través del abogado.

Malik ni siquiera pestañeó. Sydney sintió un nudo en el estómago. ¿Qué había en su mirada? ¿Era rabia o algo más?

–Ah, sí, el divorcio –dijo él con desdén, como si estuviera hablando con un niño travieso.

Era rabia lo que había en sus ojos. No estaba acostumbrado a que le llevara la contraria, porque nunca antes la había visto hacerlo. No hasta ese día.

Sydney cruzó los brazos por encima del pecho. Sabía que era un gesto defensivo, pero le daba igual.

–No te he pedido nada. Solo quiero que firmes esos papeles.

–Entonces tú los has firmado por fin –no había ni dolor ni sorpresa en su voz.

Siempre tan calmo e impasible... Dueño del desierto... Esa actitud de hielo la hacía enfurecer...

–¿No has venido por eso? –le preguntó ella, desafiante.

No hacía más de una hora desde que le había dado los documentos a Zoe. Era posible que le hubieran llegado ya los papeles, pero aunque hubiera sido así, ¿cómo había averiguado dónde estaba tan deprisa, y cómo había llegado hasta allí?

De pronto se dio cuenta de que había dado por sentado que estaba allí por los papeles del divorcio... ¿Cómo había podido ser tan estúpida? Él debía de saber de antemano que estaba preparando los papeles, aunque tampoco podía comprender por qué le importaba tanto.

–No hay ningún cliente, ¿verdad? Me has tendido una trampa.

Era muy propio de él hacer algo así. A Malik se le daba muy bien orquestar situaciones como esa. Si algo no le gustaba, lo cambiaba. Si quería algo, lo conseguía a toda costa. Solo tenía que pronunciar las palabras adecuadas, y las cosas ocurrían casi por arte de magia. Él tenía un poder del que casi nadie disfrutaba.

Él inclinó la cabeza.

–Me pareció la mejor manera de verte. Así había menos posibilidades de encontrar a un ejército de paparazzi.

Sydney sintió una llamarada de rabia por dentro. Y algo más también, algo caliente y secreto, algo oscuro... Algo que le recordaba a todas esas noches tórridas que había pasado a su lado... Las horas que habían pasado abrazados, enredados en un maremágnum de sábanas de seda... ¿Por qué no era capaz de mirarle sin pensar en ello?

Sydney cerró los ojos y tragó en seco. Estaba sudando, así que fue hacia las puertas de la terraza. Las abrió de par en par para dejar entrar la brisa marina. Siempre había mucho calor cuando Malik estaba cerca.

No tenía que darse la vuelta para saber que él estaba justo detrás. Despedía una energía que nunca había sido capaz de ignorar. Se dio la vuelta bruscamente y dio un paso atrás de inmediato. Él estaba más cerca de lo que pensaba.

–Nunca te has molestado en ponerte en contacto conmigo –le dijo, con la voz casi quebrada–. Has dejado que pasen todos estos meses, y nunca has intentado ponerte en contacto conmigo. ¿Por qué estás aquí ahora?

Los ojos de Malik emitieron un destello. Era tan, tan hermoso... No era absurdo usar ese término para referirse a un hombre como él. Cabello negro azabache, rasgos perfectos, el cuerpo de un dios griego, los labios más sensuales que una mujer pudiera imaginar, piel bronceada...

Un cosquilleo le recorrió la espalda. Debería haber sabido que un hombre como él jamás se hubiera interesado en ella de verdad.

–¿Por qué iba a seguirte la pista, Sydney? –le preguntó, ignorando la pregunta de ella–. Tú fuiste quien escogió marcharse. Podrías haber elegido volver.

La joven se puso erguida. Alguien como él no podría haber pensado de otra manera. Le traía sin cuidado que se marchara o se quedara.

–No tuve elección.

Malik resopló.

–¿En serio? ¿Alguien te obligó a abandonarme? ¿Alguien te obligó a huir de París en mitad de la noche, dejando una nota sobre la mesa? Me gustaría conocer a esa persona que tiene tanto poder sobre ti.

Sydney se puso tensa. Él hacía que todo pareciera ridículo, infantil...

–No finjas que te dolió mucho. Ambos sabemos la verdad.

Él pasó por su lado, se detuvo junto a la puerta abierta y miró hacia el océano.

–Claro que no –le dijo en un tono impasible, y entonces se volvió y la atravesó con una mirada afilada–. Pero soy el príncipe Al-Dhakir y tú eres mi esposa. ¿Nunca has pensado en el daño que esto me haría? ¿No has pensado en el daño que podías hacerle a mi familia?

Sydney sintió rabia, decepción... En algún momento había albergado la esperanza de que él pudiera haberla echado de menos, pero evidentemente no lo había hecho en absoluto. Malik no necesitaba a nada ni a nadie.

Era una fuerza de la naturaleza, imparable y cruel. Nunca había llegado a comprenderle bien. Pero eso solo era una parte del problema entre ellos. Había muchas otras cosas que habían fallado. Él era tan exótico y maravilloso que había perdido la cabeza por él. Todavía recordaba el momento en el que se había dado cuenta de que estaba enamorada de él. Había pensado que él tenía que sentir lo mismo, ya que ella era la única mujer con la que había querido casarse.

¿Cómo había podido equivocarse tanto? De pronto sintió lágrimas en los ojos, pero hizo un esfuerzo para no derramarlas. Había tenido un año para analizar sus acciones, un año para reflexionar y seguir adelante.

–¿Es por eso que estás aquí? ¿Porque sientes vergüenza? –Sydney respiró hondo–. Vaya, sin duda te llevó mucho tiempo darte cuenta.

Él dio un paso hacia ella. Sydney sacó adelante la barbilla. No se iba a dejar amedrentar. De pronto él se detuvo y metió las manos en los bolsillos. El altivo príncipe volvió a tomar el control de la situación, bajando la cabeza y mirándola con prepotencia.

–Podríamos vivir separados, Sydney. Normalmente eso es lo que se espera, aunque suele ser después del nacimiento de un heredero o dos. Sin embargo, el divorcio es otra cosa.

–¿Entonces lo que te avergüenza es el divorcio, y no que me vaya?

–Yo he respetado tu espacio. Pero ya es suficiente.

Sydney se quedó perpleja. La burbuja de rabia estalló.

–¿Que has respetado mi espacio? ¿Y qué se supone que significa eso?

Los ojos de Malik brillaron.

–¿Es esa la forma en que habla una princesa?

–Yo no soy una princesa, Malik.

Aunque lo fuera, técnicamente hablando, jamás se había sentido como tal. Él nunca la había llevado a Jahfar. Nunca había visto su tierra natal, su hogar... Nunca había sido bienvenida en su casa. Ni siquiera había conocido a su familia. Debería haberse dado cuenta entonces... Una ola de vergüenza la ahogó por dentro. ¿Cómo había podido ser tan ingenua? Al casarse con él, pensaba que él la amaba. Nunca se le había ocurrido pensar que solo era un instrumento para él, lo que necesitaba para llevar a cabo su rebelión. Se había casado con ella para romper las reglas, para llevarle la contraria a su familia. Solo había sido un capricho, la mujer que le calentaba la cama.

–Todavía eres mi esposa, Sydney. Hasta el momento en que dejes de serlo, te comportarás con el decoro que debe exhibir una mujer en tu posición.

Sydney sintió que el estómago le daba un vuelco. Apretó los puños.

–Pero ya no lo seré por mucho tiempo más, Malik. Firma y ya no tendrás que volver a avergonzarte de mí.

Él fue hacia ella, lentamente... Tan lentamente que Sydney sintió auténtico miedo. Se acercó tanto que podía sentir su aliento en la cara, su aroma...

La agarró de la barbilla con sumo cuidado. La expresión de sus ojos era hermética... Sydney tuvo ganas de cerrar los ojos, pero los mantuvo bien abiertos.

–Todavía me deseas, Sydney –le dijo él casi en un susurro.

–No –dijo ella con firmeza, con frialdad.

Las piernas le temblaban. El corazón se le salía del pecho. Pero no iba a decirle que parara. No podía darle la razón.

–No te creo –bajó la cabeza y la besó.

Durante un instante, ella se relajó. Le dejó besarla, acariciar sus labios... Se dejó llevar en el tiempo y se creyó en otro lugar, en otro momento, en otra casa...

Pero entonces puso las palmas de las manos sobre su pecho de acero, le agarró de las solapas y empujó con todas sus fuerzas.

Malik retrocedió, sorprendido.

—Antes nunca me rechazabas —le dijo, casi en un tono burlón.

—Nunca pensé que tendría que hacerlo.

—Y ahora tienes que hacerlo.

—¿No es así, Malik? ¿Quieres demostrar que tienes el control sobre mí una vez más? ¿Quieres demostrar que sigues siendo irresistible?

Él ladeó la cabeza.

—¿Soy irresistible?

—No mucho.

—Pues eso está muy mal.

—No para mí —Sydney empezó a sentir mareos. La cabeza le daba vueltas con tanta adrenalina.

Él se mesó los cabellos.

—Pero eso no cambia nada. Aunque a lo mejor complica un poco las cosas.

Sydney parpadeó.

—¿Complicar qué?

—Nuestro matrimonio, *habibti*.

Era un hombre cruel, muy cruel.

—No hay matrimonio, Malik. Firma los papeles y todo habrá acabado.

Él esbozó una sonrisa que no era una sonrisa en realidad.

—Ah, pero no es tan fácil. Soy un príncipe de Jahfar. Hay un protocolo que seguir.

Sydney se agarró del marco de la puerta para no perder el equilibrio. Un sentimiento ominoso acababa de alojarse en su vientre.

–¿Qué protocolo?

Él la atravesó con una mirada descarnada, inmisericorde.

–Tenemos que ir a Jahfar.

–¿Qué?

–Y tenemos que vivir como marido y mujer durante cuarenta días.

–No –susurró ella.

Pero él no pareció oírla. Sus ojos seguían tan fríos como siempre, inflexibles.

–Solo entonces podremos pedirle el divorcio a mi hermano, el rey.

Capítulo 2

SYDNEY salió y se sentó en una silla de cubierta. Más allá, el océano Pacífico se adentraba en la orilla una y otra vez. La espuma marina danzaba con el vaivén de las mareas, la fuerza del agua golpeaba la tierra, produciendo un lejano rugido. Ese era el poder de Malik. Él tenía el poder de arrollarla con el ímpetu de la marea, el poder de arrastrarla y de borrar lo que deseaba. Esa era una de las razones por las que se había marchado. Se había dejado llevar demasiado, había anulado su propio ser bajo el influjo de Malik. Se había asustado tanto...

Le había dejado por eso, y también por lo que le había dicho acerca de sus sentimientos por ella. Sydney se estremeció. Finalmente, apartó la vista del agua, que ya se estaba tiñendo de color naranja bajo la luz del crepúsculo. Malik estaba de pie junto a la silla. Sus rasgos parecían más duros que nunca al atardecer, como si él también estuviera atrapado y tratara de sobrellevarlo lo mejor posible.

–Dime que es una broma –le dijo ella, poniéndose las manos sobre el vientre.

Él la miró fugazmente. Su rostro hermoso estaba serio, circunspecto. Mientras le miraba, ya empezaba a sentir una extraña punzada, un profundo sentimiento... No quiso ahondar en la naturaleza de esa sensación. Simplemente no quería saberlo. Quería terminar con él, para siempre.

–No es una broma. Estoy sujeto a la ley de Jahfar.

–¡Pero si no nos casamos allí! –Sydney se rio a carcajadas–. Ni siquiera he estado en Jahfar. ¿Cómo voy a
estar sujeta a una absurda ley de un país en el que nunca
he estado?

Él se puso serio, tenso. A Sydney le daba igual haberle ofendido. ¿Cómo se atrevía a presentarse allí después de tanto tiempo para decirle que seguirían casados
hasta que hubiera vivido con él durante cuarenta días?
Y en el desierto. Parecía un argumento sacado del guión
de una película de Hollywood. La ironía la hizo echarse
a reír. Malik la miró con curiosidad, pero no se dejó engañar ni por un momento.

–No lo haré –le dijo ella, respirando hondo–. Yo no
estoy sujeta a la ley de Jahfar. Firma los papeles y, por lo
que a mí respecta, hemos terminado.

Él se movió.

–Puede que creas que es así de fácil, pero yo te ase-
guro que no lo es. Te casaste con un príncipe extranjero.

–Nos casamos en París.

Había sido una boda exprés. La ceremonia la había
oficiado un empleado de la embajada de Jahfar. Todo
había sido muy rápido, como si él tuviera miedo de cambiar de opinión.

Una gran amargura la invadió por dentro.

–No importa dónde nos casamos –dijo Malik con esa
voz que le caracterizaba, siempre tan suave y grave,
pero con el poder de hacerla temblar por dentro–. Pero
sí importa quién nos casó. Nos casamos bajo la ley de
Jahfar, Sydney. Si alguna vez deseas librarte de mí, tendrás que venir a Jahfar y seguir el protocolo.

Sydney levantó la cabeza y le miró a los ojos. Él la
estaba mirando fijamente. Su expresión era indescifra-
ble. Una ola de rabia corría por sus venas.

–Seguro que podremos fingir un poco. ¡Tu hermano es el rey!

–Y es por eso que no podemos fingir, tal y como dices tú. Mi hermano se toma sus obligaciones como monarca muy en serio. Me hará responder ante la ley hasta las últimas consecuencias. Si quieres divorciarte, tendrás que hacer esto.

Sydney cerró los ojos y se inclinó contra el cojín. Aquello era una pesadilla. Una broma de mal gusto que le jugaba el destino, los elementos, las estrellas... Todos se habían puesto en su contra. Se había casado con Malik a toda prisa, en secreto. No había habido una boda real, ni cuento de hadas con música, ni trajes hermosos, ni pompa y parafernalia...

Se habían casado en el registro de la embajada, sin pompa ni festejos. El empleado de la embajada la llamaba «su alteza» y no hacía más que hacerle reverencias... Y también había estado presente una mujer, la que había registrado el enlace y les había pedido que firmaran.

Casi se había sentido como si aquello no fuera real, pero entonces los periódicos se habían enterado de la noticia y, de repente, se había visto en el punto de mira de todos los medios. Y aún seguía en él al marcharse. La atención mediática la había seguido hasta Los Ángeles y finalmente había desaparecido tras varias semanas de silencio absoluto por su parte. Sabía que su foto había aparecido en alguna revista que otra en los meses anteriores, pero la prensa estaba mucho más interesada en Malik que en ella. Él siempre era una noticia. Ella solo era una baja más en combate.

Y ni siquiera era interesante para ellos.

Lo último que quería era seguir atada a él y sentirse bajo los focos nuevamente. ¿Y si un día quería casarse con otra y tenía que llevarla a Jahfar para divorciarse?

«Ni hablar...», pensó para sí, imaginándose en esa penosa situación.

–Muy bien –dijo con contundencia–. Si eso es lo que hace falta, iré.

Malik sintió un ligero escalofrío que le corría por las venas. Ella podía pasar cuarenta días a su lado, si con eso terminaba con el matrimonio de una vez y por todas, porque ya no quedaba nada entre ellos. Y no había ningún peligro para su corazón. El daño ya estaba hecho. Había una jaula de hierro donde una vez había estado su corazón.

–Podemos irnos esta noche. Mi avión está listo.

Sydney sintió que se le ponía la carne de gallina. ¿A qué acababa de acceder? Una ola de pánico la arrolló por dentro.

–No puedo arreglarlo todo tan rápido. Necesito tiempo para dejar resueltas unas cuantas cosas antes de irme.

La última vez que se había fugado con Malik había dejado su propia vida en un caos absoluto. Esa vez no cometería el mismo error, porque esa vez volvería a la normalidad como si nada hubiera pasado. No quería volver a pasar por toda esa angustia de sentirse perdida... Se había marchado sin pensárselo dos veces, porque él se lo había pedido, y después, cuando le había pedido que se casara con ella, había accedido sin más. No había vuelto a pensar en la vida que dejaba atrás en Los Ángeles; algo que su familia nunca mencionaba, aunque sí lo tuvieran en mente cada vez que la miraban a la cara. Ella era la impulsiva, la artista... La que podía lanzarse a la piscina sin reparar en las consecuencias y luego pagaba el precio por ello.

Y el precio había sido muy alto finalmente... Había salido muy escaldada de aquel matrimonio. En los primeros días tras su regreso a casa se preguntaba si se había precipitado, si debería haberse quedado y hacerle frente, pero siempre llegaba a la misma conclusión. Malik se arrepentía de haberse casado con ella. Se lo había dicho muy claramente. ¿Qué más quedaba por decir después de aquello?

Podía quererle mucho, pero no se convertiría en la cruz de nadie. Y definitivamente se había sentido como un peso para él, un lastre con el que tenía que cargar. Él había cambiado, y ella, simplemente, no había sido capaz de aguantarlo más. Nunca había creído que llegaría a pasar un año entero sin tener contacto con él, pero eso solo servía para demostrar que él ya no la querría más en su vida.

—¿Cuánto tiempo necesitas? —le preguntó él, con la voz tensa.

—Por lo menos una semana —respondió ella automáticamente, aunque en realidad no lo sabía exactamente. Sin embargo, esa vez quería tener el control de la situación. Necesitaba tenerlo. No era mucho, pero era algo.

—Imposible. Dos días.

Sydney se puso tensa.

—¿En serio? ¿Hay un calendario que seguir, Malik? Yo necesito una semana. Tengo que resolver unas cosas en el trabajo.

Y además tenía que consultar a su abogado, por si acaso podía librarse de todo aquello a través de algún vacío legal. Malik la miró de arriba abajo. Sus ojos oscuros brillaban, intensamente. Ella esperó su respuesta. Malik era muy orgulloso, prepotente, aristocrático... Y estaba acostumbrado a conseguir lo que quería. Si le hubiera dicho que no cuando le propuso matrimonio... Pero eso nunca se le había pasado por la cabeza. Se había dejado impresionar tanto... Estaba tan ciega, tan enamorada por aquel entonces... Aunque ya fuera un poco tarde para rebelarse, no volvería a aceptar sus órdenes sin rechistar...

–Muy bien –dijo él en un tono circunspecto–. Una semana.

Sydney asintió con la cabeza. El corazón se le salía del pecho, como si acabara de correr en una maratón.

–Muy bien. Una semana entonces.

Él se volvió hacia el océano de nuevo y entonces asintió.

–Me la quedo.

Ella parpadeó, confundida.

–¿Qué?

–La casa.

–Pero si no la has visto –exclamó ella.

Era una casa extraordinaria, una que ella jamás se hubiera podido permitir, ni siquiera en sueños... Pero él solo había visto el exterior.

–Es una casa –le dijo él, encogiéndose de hombros–. Con unas buenas vistas. Me vale con eso.

Sin saber por qué, Sydney sintió un latigazo de rabia en el vientre. Él siempre conseguía lo que quería, a cualquier precio. Estaba acostumbrado a ello. Y así la había conseguido a ella también. En su mundo, no había consecuencias. No había que pagar un precio cuando las cosas no salían tal y como se esperaba. Malik solo tenía que ir a por la siguiente casa, a por la siguiente mujer...

Una ola de furia le corrió por las venas.

–Me temo que eso es imposible –le dijo–. Ya tengo una oferta.

Malik no se dejó engañar.

–Entonces te doy un veinticinco por ciento más. El dueño no rechazara una oferta así.

–Creo que ya han aceptado la otra oferta –dijo ella, molesta.

Nada más decir aquella mentira, sintió una punzada de culpa. Los dueños de la casa no tenían que pagar por su sed de venganza contra Malik.

–Pero si me das un momento, les llamo y les pregunto si les interesa.

–Hazlo –le dijo él, taladrándola con la mirada.

Sydney se volvió y fue hacia la terraza. Llamó a la inmobiliaria para asegurarse de que no había ninguna otra oferta y volvió junto a Malik.

–Buenas noticias –le dijo, conteniendo la ira–. Si subes la oferta en medio millón, la casa es tuya.

Tenía que responder ante tanta soberbia. Era una especie de rebelión subir el precio. Se negaba a sentirse culpable por ello. De hecho, les daría su comisión a los pobres. Así por lo menos el dinero de Malik serviría para hacer algo bueno.

–Muy bien –dijo él–. Lo que sea.

Una ola de amargura la recorrió por dentro.

–¿Y vas a ser feliz aquí, Malik? ¿O también te vas a arrepentir de haber hecho esta compra?

No le dijo lo que realmente estaba pensando, pero era fácil leer entre líneas.

–Yo nunca me arrepiento de nada, *habibti*. Si cambio de opinión luego, simplemente me desharé de la propiedad.

–Claro –dijo Sydney, sintiendo vergüenza–. Porque así es más fácil.

Malik podía deshacerse de todo lo que no quería. Se había pasado toda la vida haciendo precisamente eso.

La expresión de él permaneció inmutable. Parecía tan altivo, tan pretencioso... Tan inalcanzable.

–Eso es. Prepararás los papeles, ¿no?

–Claro.

–Tráemelos ahora y los firmo.

–¿No quieres leerlos antes?

Él se encogió de hombros.

–¿Por qué?

–¿Y si subo el precio otro medio millón?

–Entonces lo pago.

Sydney abrió su maletín y sacó un formulario en blanco. Por mucho que le odiara en ese momento, por mucho que despreciara toda esa indiferencia de la que hacía alarde, no podía sucumbir a la tentación de timarle. Escribió el precio rápidamente y le entregó los papeles.

–Firma aquí –le dijo, señalando.

Él lo hizo sin titubear. Sydney no supo muy bien si se trataba de arrogancia o de inocencia. Un segundo después levantó la vista hacia ella. Su mirada era inflexible y dura. No era inocencia y confianza, sino soberbia...

Malik no solo sabía cuál era el precio de mercado real de la propiedad, sino que también era consciente de que ella había inflado la cifra. Y sin embargo... estaba dispuesto a pagar.

–Una semana, Sydney –le dijo en un tono de advertencia–. Y después eres mía.

–Difícil, Su Alteza –le dijo ella, intentando que la voz no le temblara–. Simplemente se trata de otro acuerdo de negocios. Cuarenta días en Jahfar a cambio de toda una vida en libertad.

Él inclinó la cabeza, reconociendo la verdad de sus palabras.

–Claro –le dijo–. Correcto.

Dio media vuelta y la dejó allí de pie, con el océano a sus espaldas... Confusa y temerosa de lo que le esperaba...

Capítulo 3

SYDNEY tardó cerca de tres semanas en organizarse y después tomó un vuelo rumbo a Jahfar. Malik no se lo tomó muy bien, tal y como indicaban sus frecuentes mensajes, pero Sydney decidió no preocuparse al respecto. Nada más verle había llamado a su abogado.

Jillian había tratado de ayudarla, pero al final no había podido hacer mucho. Un divorcio americano no resolvía el problema. Al prepararle los papeles, le había advertido que quizá no sería suficiente, pero Sydney no había perdido la esperanza. ¿Cómo era posible que una ley tan arcaica estuviera en vigor?

Cuarenta días.

Bebió un sorbo del champán que le había llevado un auxiliar de vuelo. El asiento en primera era muy cómodo, pero el vuelo iba lleno. Podría haber viajado en el avión privado de Malik, pero había preferido viajar en un vuelo comercial. Él se había puesto furioso, pero ella se había mantenido firme. Al final, él no había tenido más remedio que irse solo a Jahfar unos días antes.

Sydney sintió que el estómago se le agarrotaba y bebió otro sorbo de champán.

Jahfar... ¿Qué iba a encontrarse cuando llegara? ¿Qué iba a sentir? Era la casa de Malik y, de alguna forma, estaría a su merced. Pero estaba decidida a mantener el control sobre su propia vida a toda costa, y era

por eso que había insistido en hacer sus propios prepa-
rativos. Sí. Hubiera sido mucho más fácil viajar con
Malik y dejarle hacerse cargo de todo, pero no quería
darle tanto control. El avión aterrizó en Jahfar dos horas
después del amanecer. En cuanto llegaron a la puerta de
embarque, Sydney se dio cuenta de que todo había sido
en vano. No había mucho que controlar. Una auxiliar
de vuelo se le acercó, con las manos cruzadas sobre el
regazo. La mujer parecía nerviosa, temerosa... Le hizo
una reverencia.

Sydney sintió un extraño peso en el estómago.

–Princesa Al Dhakir... Por favor, perdónenos por no
habernos dado cuenta de que viajaba con nosotros.

–Yo... –Sydney parpadeó, perpleja–. No tiene importancia –dijo, con el corazón latiendo sin ton ni son–.
No quería que se supiera.

Se sentía tan pretenciosa... Pero ¿qué otra cosa podía
decir? No había nada que explicar... No podía decirles
a esas personas que no la llamaran princesa. Ellos no
iban a entenderlo. La mujer volvió a hacerle una reverencia. Un hombre se acercó y sacó su bolsa de viaje
del compartimento superior del avión. Todos se mantu-
vieron sentados, esperando a que ella desembarcara primero... Las mejillas le ardían... Bajó del avión rápidamente... Y entonces le vio. Más pronto de lo que
esperaba. El aeropuerto internacional de Jahfar estaba
lleno de gente, tanto occidentales como árabes. Pero la
multitud se abría en dos para dejar paso a un séquito imponente. El hombre era alto e iba vestido con la *dishdasha* blanca tradicional. En la cintura llevaba una daga
curvada con una empuñadura repleta de piedras precio-
sas, algo sorprendente en un aeropuerto, pero no en un
lugar como ese.

De repente, Sydney se dio cuenta de que aquel hombre impresionante era su esposo. Una ola de calor casi la derritió por dentro. Nunca le había visto vestido así... El efecto era... extraordinario.

Era la viva imagen del jeque árabe. Exótico, moreno, apuesto... Magnífico.

Malik fue hacia ella con ese paso arrogante que le caracterizaba... Sus oscuros ojos la taladraban... Sydney quiso que la tierra se abriera y se la tragara en ese preciso momento... Estaba hecha un desastre, después de tantas horas de vuelo... Y él parecía sacado de un cuento de hadas. Ojalá hubiera podido volver atrás una hora o dos... Cambiarse de ropa... Retocarse el maquillaje...

Pero ¿por qué? ¿Qué sentido tenía?

Malik le había hecho el amor una y otra vez durante esos dos meses que habían pasado juntos, pero solo lo había hecho para satisfacer sus propias necesidades, por su propia conveniencia. Supermodelos, reinas de la belleza... Eso era lo que realmente le gustaba... Sydney levantó la barbilla. No iba a avergonzarse. Malik se detuvo delante de ella y su séquito le rodeó cuidadosamente, protegiéndole, pero sin acercarse demasiado.

Sydney sintió que se le secaba la garganta. Él la miraba de arriba abajo...

–Aquí estoy –le dijo en un tono inseguro–. Tal y como te prometí.

Sydney deseó no haber sido la primera en hablar. Era como si hubiera cedido un terreno importante en su guerra particular, como si hubiera sacado las armas para el combate y fracasado a la primera de cambio. Pero todo era por culpa de él. Él la ponía nerviosa mirándola de esa manera. Sin duda se arrepentía de haberle dicho a todo el mundo que ella era su esposa. Llevaba un estilo demasiado informal con aquella camiseta blanca ceñida, la chaqueta azul marino, los vaqueros, las ballerinas... Una princesa no tenía ese aspecto... Una princesa era más refinada, como una estrella de Hollywood... Debería haber llevado unos taconazos de firma y la última moda de la pasarela de Milán. Pero... no había mucho que hacer... Ella no era una auténtica princesa y no tenía sentido fingir otra cosa. Malik levantó una ceja y la miró fijamente.

–Sí, aquí estás.

Sydney sintió que el corazón le daba un vuelco. Puso la mano sobre el pecho y respiró hondo para regular el ritmo.

Malik pareció alarmado.

–¿Qué sucede? ¿Necesitas un médico?

Ella sacudió la cabeza.

–No, estoy bien. Es solo que me faltó un poco el aire. Me pasa a veces, sobre todo cuando estoy cansada. No es nada.

De repente, Malik la tomó en brazos y empezó a repartir órdenes a los hombres que le rodeaban.

–Malik, por Dios, ¡bájame! No me pasa nada.

Él no la escuchó. Sydney pensó en empezar a dar patadas para resistirse un poco, pero entonces se dio cuenta de que él era demasiado fuerte.

–Por favor, bájame –le suplicó–. Esto es vergonzoso.

La gente los miraba, señalándolos con el dedo, susurrando cosas. Pero a Malik le traía sin cuidado. Era extraordinario sentirle tan cerca después de tanto tiempo. Era como meterse en una piscina con toda la ropa puesta.

–No vamos lejos –le dijo él–. Te bajaré en cuanto lleguemos a un sitio tranquilo, para que puedas descansar.

Ella miró atrás. El séquito iba detrás, delante... Su paso por el aeropuerto era como el de una ola gigante. Muy pronto atravesaron las puertas corredizas y accedieron a una tranquila suite con cómodas sillas, mesas y una barra en un extremo. Se oía una suave música y las luces eran tenues.

Malik la dejó en una de las sillas. Antes de que pudiera siquiera parpadear se encontró con un vaso de agua con gas.

–Bebe –le dijo Malik, sentándose a su lado y agarrando el vaso.

–Ya he bebido bastante –le dijo ella, apartándole la mano–. Si bebo más, exploto.

Él no pareció muy convencido.

–En Jahfar hace mucho calor. Te puedes deshidratar sin darte cuenta.

–No es el agua el problema, Malik –dijo ella, insistiendo–. Acabo de llegar de L.A. Estoy cansada. Estoy estresada. Necesito una cama y seis horas de sueño.

Había dormido muy poco en el avión. Estaba demasiado nerviosa, y con razón. El hombre que la miraba en ese momento, tan distante, imponente, mayestático... Ese hombre ponía nervioso a cualquiera. ¿Verdaderamente estaban casados? ¿Alguna vez había compartido un momento de ternura con un hombre tan intimidante?

–Entonces lo tendrás –le dijo él. Le hizo señas a un hombre y este salió por otra puerta. Unos minutos después la tomó de la mano y la condujo hasta el ascensor. Unos minutos más tarde abandonaron el aeropuerto por un acceso privado y subieron a una flamante limusina. Casi era como en el pasado, pero Malik iba vestido de blanco, con el atuendo típico de los de su clase. Parecía tan elegante, exótico... Nada que ver con ella... Sydney se miró la chaqueta que llevaba puesta, se la quitó y la puso sobre el asiento. Los ojos de Malik se posaron en sus pechos, se detuvieron allí unos instantes. Su mirada era como una caricia. Sydney sintió cómo se le endurecían los pezones, cómo respondía su propio cuerpo. Cruzó los brazos y miró hacia la ventanilla.

–¿Adónde vamos? –preguntó mientras la limusina se incorporaba al tráfico.

Delante de ellos iba un coche de policía con las luces rotatorias encendidas. Las ventanillas eran de cristal ahumado, pero la luz que entraba en el habitáculo del coche seguía siendo muy intensa, cegadora.

–Tengo una casa en Port Jahfar. Está a muy poca distancia. En la playa. Te gustará.

Sydney apoyó la cabeza contra la ventanilla. Era raro estar allí, y extrañamente emocionante. A lo lejos se divisaban enormes montañas de arena que se adentraban en el cielo azul. Las palmeras empezaron a abundar en el paisaje a medida que se adentraban en la ciudad. Los edificios eran una mezcla de cemento, cristal y arenisca. Las colinas que se veían en dirección opuesta no eran sino dunas de arena, rojas y cambiantes. A lo largo de su base se veía una fila de camellos que se dirigía hacia la ciudad. Aquel fue el momento más revelador para Sydney. Estaba en un lugar totalmente distinto y cautivador.

Pronto entraron en el centro de la ciudad y, tras un cambio de sentido, se encontraron con el mar, a la derecha. Recorrieron una pequeña distancia a lo largo de la costa. El agua color turquesa brillaba como un océano de diamantes bajo la luz del sol. Accedieron a un complejo con una puerta exterior. Malik la ayudó a bajar del vehículo y la condujo a un patio refrigerado con agua vaporizada que se dispersaba antes de mojar la piel. El aire era denso, caliente. De repente apareció una mujer vestida con un *abaya* de algodón. Les hizo una reverencia y le habló a Malik en árabe.

–Hala dice que la habitación está preparada. Puedes dormir todo lo que quieras.

Sydney esperaba que un empleado del servicio la llevara al dormitorio, pero Malik la agarró del codo y la condujo a lo largo de un pasillo que daba acceso a una pequeña suite. En la primera de las estancias había una mesa central rodeada de cojines, un escritorio en un rincón y dos cómodos butacones situados uno enfrente del otro, con una alfombra blanca de pelo de cabra en el medio. En el dormitorio había una cama altísima con sábanas de lino blanco que resultaba de lo más apetecible.

–Necesito mis bolsas –dijo Sydney, dándose cuenta de que no tenía nada para cambiarse. Se habían marchado del aeropuerto sin recoger el equipaje.

–Ya vienen. Mientras tanto, encontrarás todo lo que necesitas en el cuarto de baño –señaló otra puerta.

Sydney entró en el espacioso cuarto de baño, maravillándose ante lo que veía; una bañera inmensa, un haz de luz que entraba desde el techo e iluminaba el mármol, realzando las betas rojas y doradas.

–Espero que sea de tu gusto.

Sydney se giró rápidamente. La voz de Malik la sorprendió, aunque no debería haberlo hecho. Sabía que estaba detrás de ella, observándola desde la puerta.

–Es muy bonito –le dijo, tragando en seco.

¿Por qué se sentía tan rara en ese lugar? Había accedido a ir a Jahfar, sabiendo que era necesario, y sin embargo, se sentía desorientada, desconcertada...

Malik fue hacia ella, le sujetó las mejillas con ambas manos.

–No tienes nada que temer, Sydney. Saldremos de esta.

Se acercó peligrosamente... Sydney cerró los ojos de forma automática. Él se rio suavemente y la besó en la frente.

–No –le dijo ella, casi ahogándose.

Podía sentir sus labios en la sien.

Se llevó una mano al cuello y la dejó caer de inmediato al darse cuenta de lo ridícula que la hacía parecer. La situación era tan singular, tan absurda. Ella le había amado, había pasado una odisea por él.

–Creo que es mejor que no... nos toquemos –le dijo.

Él arqueó una ceja.

–¿Te asusta que te toque, Sydney? Y yo que pensaba que no era irresistible...

Se estaba burlando de ella. Sydney levantó la cabeza.

–No tiene sentido que nos toquemos, Malik. No estamos felizmente casados. No significamos nada el uno para el otro. Yo sé que soy un inconveniente para ti, pero solo quiero terminar con esto de una vez y por todas. No tienes que fingir nada para hacerme sentir a gusto.

Los ojos de Malik brillaron de emoción.

–Ya veo. Qué sabia te has vuelto, Sydney. Qué hastiada te veo.

–Siempre pensé que te gustaban las mujeres así –le dijo ella, pero enseguida se arrepintió.

Él se inclinó contra el marco de la puerta, pero ella no cometió el error de bajar la guardia.

–No me había dado cuenta de que eso te importaba –le dijo él suavemente, todavía con sorna.

Sydney agitó la mano como si estuviera apartando una mosca.

–No me importa.

–No juguemos a estos juegos, *habibti*. La noche ha sido larga. Date un baño, descansa. Te veré cuanto estés lista para hablar y entrar en razón.

Sydney sintió el embate de la rabia al oír aquellas palabras condescendientes.

—No estoy jugando a ningún juego, Malik. He venido, ¿no? Estoy aquí porque quiero terminar con esto. Porque quiero librarme de ti para siempre.

El rostro de Malik se endureció y sus ojos emitieron un violento destello.

—Pues tu deseo te será concedido —masculló—. Sin embargo, primero conseguiré el mío.

A Sydney le dio un vuelco el estómago.

—¿Que... qué quieres decir?

Él parecía tan amenazante.

—¿Tienes miedo, Sydney? ¿Tienes miedo de lo que voy a hacer contigo ahora que estás aquí?

Ella tragó en seco.

—Claro que no.

Él la miró de arriba abajo un instante.

—Pues a lo mejor deberías —le dijo.

Capítulo 4

MALIK estaba de mal humor. Estaba sentado en su estudio, haciendo un trabajo minucioso y laborioso que se suponía debería mantenerle ocupado y distraído. Sin embargo, no era así. Se apartó del ordenador y se volvió hacia la ventana hasta ver el brillo del mar a lo lejos. Ella estaba allí. Su esposa perdida. La única mujer a la que había creído diferente... Entonces pensaba que iba a hacerle feliz. Pero al final había terminado huyendo. Y él no estaba acostumbrado a que las mujeres huyeran de él. Aquel había sido un momento muy singular, cuando se había dado cuenta de que ella había salido huyendo. Se había puesto furioso. Había hecho planes. Había jurado que iría tras ella, que la llevaría de vuelta a su casa a la fuerza si era necesario. Y entonces había dicho...

No.

Ella le había abandonado. Tenía que ser ella misma quien volviera. Pero en lugar de eso, le había pedido el divorcio. Sí. Todavía la deseaba. Su cuerpo la deseaba, por mucho que no quisiera. Desde el momento en que le abrió la puerta de aquella casa de Malibú, la deseó con una fuerza que seguía intacta a pesar del paso del tiempo y la distancia, sobre todo teniendo en cuenta lo enfadado que estaba todavía con ella.

Apretó el bolígrafo que tenía en la mano hasta que se partió en dos. Una parte se le clavó en la carne, ha-

ciéndole un corte en el dedo. Una gota de sangre le salió
por la yema. Sacó un pañuelo de una caja cercana y se
limpió. Sydney Reed... Sydney al Dhakir... Era tan hermosa, tan exuberante, tan perniciosa para su autocontrol... Nada más verla por primera vez, la deseó con
todo su ser. Ella había sido muy reservada y distante,
pero solo al principio. Cuando por fin la había tenido
entre sus brazos, la química entre ellos había sido tan
explosiva que se había dado cuenta de que una vez
nunca sería suficiente. Probablemente no fuera la mujer
más hermosa que había visto, pero no recordaba otra
que fuera tan arrebatadoramente irresistible.

Malik masculló un juramento. Lo había sabido desde
el principio, desde el día en que había llevado a cabo
ese matrimonio impulsivo e inconsciente... Aquello no
iba a durar... Porque se había casado con ella por una
razón equivocada, para vengarse de su propia familia.
De repente sonó el teléfono. Malik se sobresaltó. Podía
dejar que contestara la secretaria, pero prefería contestar
él mismo y así ahuyentar esos pensamientos nocivos.

–¿Sí? –dijo en un tono más alto que de costumbre.

–He oído que tu esposa ha llegado hoy –dijo su hermano Adan.

–Sí –dijo Malik en un tono seco–. Ya está aquí.

La había mantenido lejos de Jahfar por una razón
muy concreta, pero ya no podía esconderla más de su
familia, aunque sí había esperado poder retrasar el momento un poco más. Frunció el ceño. Sus hermanos
siempre serían educados, pero su madre no iba a serlo.
De eso no había duda.

–¿Y tienes pensado llevarla al palacio?

Malik apretó los dientes. No le había contado a Adan
el motivo por el que Sydney estaba allí. No se lo había
dicho a nadie.

—A lo mejor dentro de unos días. O no. Tengo cosas que hacer en Al Na'ir.

—Pero seguro que puedes tomarte una tarde libre. Quiero conocerla, Malik.

—¿Eso es una orden?

—Sí.

A Adan no le había costado mucho asumir el poder. Él tampoco era el primero en la lista de sucesión, al igual que Malik no era parte de la familia heredera del trono, pero su primo había muerto en un accidente marítimo y Adan se había convertido en el sucesor de su tío de la noche a la mañana. A la muerte del monarca, Adan había ocupado el trono.

Había sido un buen rey hasta ese momento. Un rey justo.

—Entonces la llevaré. Pero hoy no. Está muy cansada del viaje.

—Claro —contestó Adan—. Te veré en la cena mañana por la noche. Isabella está deseando conocerla.

—Entonces nos vemos mañana.

La despedida no fue muy efusiva, sino más bien formal. Malik no esperaba otra cosa, no obstante. Ambos habían tenido una infancia más bien desarraigada, siempre al cuidado de las niñeras, entrenados para ejercitar ese rígido protocolo que jamás había fomentado el cariño de hermanos. Él quería mucho a sus hermanos, y a su hermana, pero su relación con ellos nunca había sido fácil. Miró el reloj. Ya habían pasado seis horas desde la llegada de Sydney. Pensó en llamar a Hala para que fuera a verla, pero entonces decidió ir él mismo. No iba a esconderse de ella, no iba a huir de las emociones que le arrollaban como un mar tempestuoso. La encontró en la pequeña terraza de su habitación. El cabello, suelto, le caía sobre la espalda, agitado por la brisa marina. Ella se volvió al sentirle acercarse y dejó sobre la mesa el café que se estaba tomando. Su expresión se volvió hermética, pero Malik llegó a ver la añoranza que había en ellos. Esa tristeza se le clavaba en el corazón como un cuchillo afilado.

–¿Has descansado? –le preguntó.

–Sí, gracias –contestó ella, apartando la vista de nuevo.

Él sacó una silla y se sentó a su lado, de cara al mar.

–Tus maletas han llegado, ¿no?

–Sí. Todo ha llegado ya.

Volvió a agarrar el café. Los dedos de las manos le temblaban.

De repente Malik recordó la primera vez que habían hecho el amor. No era virgen entonces, pero tampoco tenía mucha experiencia. Todo lo que le había hecho había sido una revelación. Soltó el aliento bruscamente y se volvió hacia el mar. Un enorme carguero se dirigía hacia el puerto en la distancia.

–Voy a necesitar Internet –le dijo ella de pronto. Tengo que trabajar mientras esté aquí.

–Tengo Wi-Fi –le dijo él–. Les diré que te den la contraseña.

–Gracias –dijo ella; sus dedos tamborileaban sobre la taza.

Malik la oyó tomar el aliento, como si fuera a decir algo... Pero no dijo nada. La miró fijamente.

–Dilo, *habibti*.

Ella le miraba con esos enormes ojos grises, turbulentos, llenos de dudas. Se mordió el labio inferior...

Malik apartó la vista de ella rápidamente. Tenía que controlar ese deseo irracional que sentía por ella. No era más que una mujer, igual que cualquier otra. No era especial o diferente. No tenía nada que no pudiera conseguir en otro lado. Fuera cual fuera el influjo que ejercía sobre él, no era irremplazable. Ninguna lo era. Él lo sabía mejor que nadie.

La expresión de ella cambió gradualmente. Se volvió dura, implacable. Malik supo que había tomado una decisión, y estaba furiosa. Pero eso era mejor. Le era más fácil lidiar con su rabia que con su vulnerabilidad.

–Quiero saber por qué no me trajiste nunca a este lugar –le dijo ella, gesticulando con la mano–. Tú eres todo esto, el desierto, esa ropa, pero nunca me diste la oportunidad de verlo –se inclinó hacia él. Sus ojos auguraban una tormenta–. ¿Te daba tanta vergüenza?

–No me daba vergüenza –le dijo Malik. Su rostro se había quedado momentáneamente en blanco.

Esas palabras eran exactamente lo que quería oír, pero no se lo creía.

–Al final hubiéramos venido.

–Al final –repitió ella, incapaz de esconder la amargura que teñía su voz.

Él no iba a decirle la verdad, ni siquiera a esas alturas.

–¿Qué quieres que te diga, Sydney? –le preguntó él–. No era una prioridad para mí en ese momento. Lo admito. Entonces estaba más preocupado por saber cuánto tiempo pasaría hasta la próxima vez que te tuviera desnuda en la cama.

Sydney dejó la taza sobre la mesa con brusquedad.

–¿Por qué no admites la verdad de una vez?

Los negros ojos de Malik emitieron un destello y su expresión se endureció.

–¿Por qué no me dices cuál es esa verdad que esperas y dejas de dar tantos rodeos, como decís vosotros los americanos?

–Ya sabes cuál es. Pero no quieres decirlo.

Él se puso en pie, la miró con esos ojos desdeñosos y fríos que había aprendido a odiar...

–Si tienes pensado pasar de esta manera los cuarenta días que vas a pasar aquí, entonces nunca nos divorciaremos.

Ella levantó la barbilla con un gesto desafiante. Nunca se había enfrentado a él por nada, pero sentía tanta rabia, tanta frustración.

–¿Y por qué es mi culpa de repente? ¿Por qué soy yo el que está causando el problema? Eres tú quien no puede admitir la verdad.

–A mí no me va el drama, Sydney –dijo él en un tono de pocos amigos–. Di lo que tengas que decir o cállate.

Una descarga de ira la recorrió por dentro. Echó atrás la silla con violencia y se levantó. No estaba dispuesta a dejarse humillar.

–Yo pensaba que sentías vergüenza de mí –le dijo en un tono acusador–. Y pensaba que no querías traerme aquí porque te avergonzabas de haberte casado conmigo.

Él se rio con amargura.

–Y es por eso que me dejaste. ¿Por eso te marchaste en mitad de la noche? ¿Por tu propia inseguridad?

–Te dejé una nota –le dijo y, nada más decirlo, se sintió ridícula.

–Una nota que no decía nada. Menos que nada.

–¿Y entonces por qué no me llamaste y me pediste más explicaciones?

Él dio un paso adelante.

–¿Por qué iba a hacer eso, Sydney? Tú fuiste quien me dejó. Te fuiste. Escogiste salir huyendo. Ni siquiera te molestaste en decirme nada.

Sydney estaba temblando, pero no era de miedo. Tenía un nudo en la garganta. Las palabras no querían quedarse dentro de ella. Toda la amargura que había guardado en su interior durante más de un año amenazaba con salir.

–Te oí, Malik. Te oí cuando le decías a tu hermano que te arrepentías de haberte casado conmigo. Estabas hablando desde tu despacho, con el altavoz encendido.

De repente ya no pudo decir nada más. Su cara hablaba por sí sola.

–¿Y por eso saliste huyendo como una cría? ¿Por algo que me oíste decir durante una conversación que no deberías haber escuchado?

Ella tragó en seco. ¿Cómo se atrevía a querer hacerla sentir culpable?

–No puedes darle la vuelta a todo esto, Malik. No puedes acusarme ahora de haber escuchado una conversación privada... Es ridículo. Claramente te oí decir que habías cometido un error. No trataba de escuchar nada. Fui a tu despacho para recordarte que teníamos que estar en la ópera a las siete.

Él parecía tan frío, tan remoto en ese momento... Tenía todo el derecho a sentirse ofendida y molesta. Le había oído decir que había cometido un error. Estaba tan enamorada de él que lo había dejado todo para seguirle. Le había seguido hasta el otro lado del mundo para oírle decir algo así finalmente...

–No te fuiste esa noche –dijo él–. Recuerdo el día de la ópera. Era *Aida*. No te fuiste al menos hasta una semana después.

–¡Porque albergaba la esperanza de haberme equivocado! Seguí esperando.

–¿Qué esperabas?

Sydney no pudo contestar porque no podía decirle lo que había esperado oír. Había esperado oírle decir que la amaba; una loca esperanza... teniendo en cuenta todo lo que había ocurrido después...

Habían ido a la ópera esa noche y después habían vuelto a casa. Él tenía unos negocios que atender... o eso le había dicho. Y ella se había ido directamente a la cama. Pero se había quedado despierta, esperándole... En vano. Al final se había quedado dormida poco antes del amanecer, con el corazón roto. A la semana siguiente había aprendido una dolorosa lección; un corazón nunca se rompía de golpe, sino poco a poco. Malik se había vuelto más frío y distante cada día. Se pasaba los días encerrado en su despacho, o haciendo viajes de negocios. Se había vuelto sombrío, silencioso, taciturno, hermético... Sin embargo, por las noches se metía en la cama y le hacía el amor una y otra vez, como si el mundo se fuera a acabar al día siguiente. Pronto Sydney empezó a pensar que había entendido mal aquella conversación. Y una noche, exhausta y feliz después de hacer el amor, le había confesado algo, le había dicho que le amaba.

Sydney cerró los ojos. Incluso en ese momento, el recuerdo le hacía daño. Él no le había dicho nada. Era como si no la hubiera oído, pero ella sabía que sí lo había hecho, porque durante una fracción de segundo le había apretado la mano con más fuerza. No sabía qué expectativas tenía, pero sí albergaba la esperanza de que él le dijera lo mismo... Sus esperanzas se habían hecho añicos en un abrir y cerrar de ojos. Él había guardado silencio, como si nada.

—Nada. No es nada.

Malik estiró la mano y la agarró de la barbilla. Estaba enfadado, pero también había otra emoción en sus ojos que Sydney no lograba entender. La piel le ardía bajo sus manos. ¿Le dejaría una marca cuando retirara la mano? ¿Acaso la huella de sus dedos quedaría para siempre sobre su piel?

–No me mientas. Ahora no –le dijo él en un tono seco y duro, lleno de furia contenida.

–¿Y qué importa, Malik? –le preguntó ella en un tono cansado–. Hemos terminado. Se acabó. Lo que pasara hace un año no tiene importancia. No cambia nada.

–Dímelo, Sydney.

Ella estuvo a punto de decirlo. Casi estuvo a punto de confesarle su deseo más profundo, el más alocado y desatinado. Pero él iba a sentir pena por ella si se lo decía. Todavía le quedaba algo de dignidad y quería conservarla.

Sydney se apartó, dio un paso atrás. Cruzó las manos sobre el pecho.

–No tienes derecho a preguntar. Y yo no voy a contestar. Se acabó.

Él se le quedó mirando, apretando la mandíbula. Y entonces masculló un juramento.

Ella dio otro paso atrás, fascinada y temerosa. Jamás le había visto perder la compostura.

–No se acabó –masculló un momento después–. Porque estás aquí, Sydney, en Jahfar. Serás mi esposa durante cuarenta días. Y me complacerás en todo –dio media vuelta y se marchó.

Sydney no sabía muy bien qué quería decir con eso, pero se estremeció al oír las palabras. Se quedó allí, sentada en la silla, viéndole marchar, sin recordar muy bien en qué momento se había sentado. Tenía un hueco en el estómago y los nervios de punta. Había sido un error ir allí. Un gran error...

Capítulo 5

NO VOLVIÓ a ver a Malik en todo el día, ni tampoco le vio a la mañana siguiente. Por algún motivo, se acordaba de los días que habían pasado en París, después de las dos primeras semanas, cuando habían sido inseparables. Sin embargo, ya no le dolía tanto. Sabía qué podía esperar, sabía que él no la amaba.

Y ella a él tampoco.

Malik era un príncipe, pero también era un hombre de negocios. Era dueño y señor de sus tierras, una zona del país llamada Al Na'ir, y trabajaba muy duro para sacarle el máximo rendimiento. Había mucho petróleo por todo Jahfar, pero Al Na'ir tenía los yacimientos más ricos. Recordaba que él estaba trabajando en un proyecto para modernizar la industria petrolífera en Al Na'ir cuando estaban en París.

Sydney encendió el ordenador y trabajó un poco. Durante los dos años anteriores se había convertido en la gurú de la web de la inmobiliaria. Le encantaba diseñar los contenidos y mantenerla actualizada. No era igual que pintar cuadros, pero de todos modos llevaba mucho tiempo sin pintar nada. De repente sintió una punzada de nostalgia, pero ahuyentó los pensamientos y siguió con la página web. Eso por lo menos era algo que su padre siempre aprobaría; algo útil y práctico, a diferencia del arte. Incluso había pensado en dar unas clases de diseño gráfico... No era lo mismo que pintar, pero era artístico y se podía ganar dinero con ello.

Hizo unos cuantos cambios de última hora y subió la nueva página al sitio web. El gráfico morado intenso que había creado para The Reed Team llamaba la atención poderosamente. Sus padres le devolvían una sonrisa radiante desde la fotografía. Su matrimonio sí que había sido todo un éxito. John y Beth Reed se habían conocido en la universidad y desde entonces habían sido inseparables. Se habían casado en menos de un año, habían tenido dos niños y habían empezado su propio negocio. Alicia, su hermana mayor, era una triunfadora como ellos. Era rubia, llamativa y siempre había sido muy popular en el colegio. Se había graduado en Derecho y había sido la primera de su promoción. Era un valor añadido en The Reed Team...

Sydney cerró el portátil de golpe. La vieja rivalidad entre hermanas estaba más viva que nunca. Quería mucho a su hermana y se alegraba de su éxito, pero siempre se había sentido como el patito feo. Ella era la única pelirroja de piel blanca, la única artista, la única que no disfrutaba cerrando acuerdos de negocios. Cuando era pequeña, había llegado a pensar que era adoptada, pero con el tiempo se había dado cuenta de que no era así. Tenía la misma estructura ósea que su madre, los ojos de su padre... Era una Reed, le gustara o no.

Pero seguía siendo el patito feo.

La comida llegó poco después de media mañana, servida por Hala, acompañada de un hombre que sostenía la bandeja de comida en silencio mientras ella colocaba los platos sobre la mesa baja del salón de la suite de Sydney.

Había aceitunas, hummus, baba ghanoush, cordero asado con tomates, arroz basmati... Hala le hizo una reverencia con la cabeza y se retiró. El hombre que iba detrás de ella hizo lo mismo. Sydney parpadeó y sacudió la cabeza lentamente. La única vez que Alicia había sentido un poco de envidia hacia ella había sido cuando había empezado a salir con Malik. Si su hermana la hubiera visto en ese momento, sin duda se hubiera puesto verde de envidia. No obstante, las apariencias engañaban. En realidad no tenía que estar celosa de nada. El novio que tenía besaba el suelo que ella pisaba, así que no tenía por qué envidiarle un marido que la despreciaba. ¿Quién hubiera sentido envidia de ella en esas condiciones?

Sydney frunció el ceño. Tenía que dejar de compararse con su hermana. No le hacía ningún bien. Solo la hacía sentir peor.

–Te hacen reverencias porque eres una princesa –dijo Malik de repente.

Sydney se dio la vuelta de golpe y se lo encontró entrando en la suite desde la terraza. Ese día llevaba unos pantalones color caqui y una camisa blanca impecable. No era tan exótico como el atuendo tradicional de Jahfar, pero le hacía increíblemente guapo. El corazón de Sydney se aceleró. La cara se le puso roja como un tomate. No podía evitarlo. Estaba avergonzada y enfadada; una mala combinación.

–Me gustaría que no lo hicieran. Me hace sentir incómoda.

–Lo sé. ¿Por qué crees que no te traje a Jahfar antes?

Sydney levantó la barbilla.

–Si ese fue el motivo, ¿por qué no me lo dijiste? Ahora parece muy conveniente decirlo, ¿no, Malik?

Él fue hacia ella, pero ella se mantuvo en su sitio hasta el último segundo. Justo en el momento en que iba a retroceder, él se sentó en los cojines que estaban

alrededor de la mesa. Ella le miró; el corazón seguía la-
tiéndole sin ton ni son.

¿Qué pensaba ella que iba a hacerle? ¿Cargarla en
brazos y echársela al hombro? ¿Llevarla al dormitorio
y hacer lo que quisiera con ella? Una pequeña parte de
ella gritaba...

«Sí, por favor...».

Ignorando esa voz que hablaba desde un rincón de
su mente, se movió hacia el otro lado de la mesa. Malik
agarró un pedazo de pan de pita y lo metió en el guiso
de cordero asado con tomates. Después le dedicó una
mirada.

—Piensa lo que quieras, Sydney. Parece que estás decidida a hacerlo de todos modos.

Ella se quedó allí, vacilante. No le gustaba tener que
admitir que él tenía razón. Le observó mientras comía.
Observó el movimiento de los músculos de su garganta
mientras tragaba. Durante un instante, pensó en marcharse, pero... ¿Adónde iba a ir? ¿Y por qué? Así solo
parecería más insignificante de lo que ya era. Además,
el olor de la comida la estaba volviendo loca. Ya hacía
mucho tiempo que había desayunado y tenía un enorme
hueco en el estómago. Se sentó en los cojines, enfrente
de él.

—No recuerdo haberte pedido que comieras conmigo
—le dijo, agarrando un plato.

—En realidad, eres tú quien ha venido a comer conmigo —contestó Malik, apoyándose en un codo—. Le di
instrucciones a Hala para que nos sirviera aquí la comida.

Sydney apartó la vista y se comió una aceituna. La
situación era demasiado íntima; comer con él... Habían
compartido comidas en muchas ocasiones, algunas veces en la cama, pero esa vez era diferente. Era mucho
más duro a causa de las emociones que estaba sintiendo

en ese momento. Se lo había dado todo, creyendo ciegamente en él, pero él solo le había dado la parte más superficial de su ser.

–¿Por qué? Podría haber ido al comedor o adonde suelas comer. O podría haber comido sola. Eso también hubiera estado bien.

–Sí, pero esta noche cenamos con mi hermano y su esposa. Pensé que podríamos aprovechar la oportunidad para aprender un poco.

Sydney tosió, atragantándose con la aceituna.

–¿Tu hermano? ¿El rey? –logró decir cuando tragó por fin–. ¿Y la reina?

–El rey y la reina de Jahfar. Sí. Quieren conocerte.

Sydney sintió un repentino calor en la piel. Estaba tan poco preparada para las obligaciones de una vida como esa.

–¿Seguro que es una buena idea? No he venido para quedarme.

Él se encogió de hombros.

–Probablemente no. Pero estamos obligados a asistir. Mi hermano siente curiosidad, supongo.

–¿Curiosidad?

–Curiosidad por la mujer que me hizo dejar mi adorada soltería, aunque ahora quiera divorciarse de mí.

Sydney bajó la vista. El cordero estaba delicioso, pero en ese momento se había convertido en una bola en su estómago.

–Por favor, no lo hagas.

–Que no haga... ¿El qué? ¿Decir la verdad?

–Suena como si te hiciera daño. Pero los dos sabemos que no es así, Malik. A lo mejor te hiere el orgullo, pero nada más. No te hace daño de verdad.

Por el rabillo del ojo podía ver que él se había puesto tenso.

–Qué bien me conoces –le dijo él en un tono sarcástico y burlón que Sydney conocía bien–. Me sorprende esa intuición que tienes.

Sydney cerró los ojos y suspiró.

–No quiero hacer esto ahora mismo. ¿No podemos comer sin más?

–Sí podemos –dijo él finalmente y agarró otro pedazo de pan. Lo partió en dos y le dio un trozo a ella.

Al dárselo le rozó un poco los dedos accidentalmente. Sydney sintió un cosquilleo de fuego que le subía por el brazo. Metió un trocito de pan en la salsa, tomando un poco de carne y de arroz juntos. Cometió el error de mirarle después de haberse metido la comida en la boca. Él la miraba fijamente. Sus ojos negros la quemaban por dentro y por fuera. El corazón de Sydney dio un vuelco.

–¿Qué? –le preguntó cuando consiguió tragar–. ¿Es que tengo salsa por toda la cara?

–No –dijo él, probando otro de los manjares–. Estaba pensando que parece que te gusta lo que has probado de la gastronomía de Jahfar.

Sydney estaba confusa, nerviosa, enfadada consigo misma... Confusa porque él la observaba intensamente y no sabía por qué. Nerviosa porque probablemente estaba enumerando todos sus defectos. Enfadada porque le dolía que lo hiciera.

–Es buena –le dijo ella–. Y la estoy disfrutando mucho.

–Me alegro –contestó él–. Pero supongo que esta noche te gustará mucho más. La reina es medio americana y seguro que hará todo lo posible para hacerte sentir como en casa.

–No es necesario –dijo ella–. Me gusta probar cosas nuevas.

–Sí. De eso me acuerdo –le dijo, dejándole claro que no estaba hablando de comida.

Sydney apartó la vista, con la cara roja como un tomate. La desventaja de ser tan blanca era que todo el mundo se daba cuenta cuando estaba avergonzada.

–Tendrás que llevar un *abaya* esta noche. He pedido que te traigan unos cuantos para que elijas. Si hubiéramos tenido más tiempo, los habría pedido a medida. Pero la costurera podría adaptarte uno para esta noche.

–No tienes que hacerme nada a medida. Sería una pérdida de dinero. Y pagaré lo que haga falta de mi bolsillo.

–Estás tan decidida a no aceptar nada de mí. Antes no eras así, si no recuerdo mal.

Sydney tiró de la servilleta que tenía sobre su regazo. Era cierto que nunca había protestado cuando se había gastado dinero en ella en el pasado. Entonces no le había parecido necesario. Nunca le había pedido regalos, pero tampoco se los había rechazado.

–No le veo ningún sentido. No quiero sentir que te debo nada.

–Qué raro –le dijo él, contrayendo la mandíbula sin dejar de mirarla.

–¿Por qué es raro?

–¿Esa regla de no deberme nada se limita a los temas de dinero? Porque yo todavía siento que me debes algo después de haberte marchado así en mitad de la noche.

Aquel fue un golpe directo. Sydney se enfadó aún más.

–¿Y qué se supone que te debo por eso? Podrías haberme llamado. Podrías haber ido a buscarme. No hiciste nada. Porque sabías que te habías equivocado, Malik. ¡Porque querías librarte de mí y no sabías cómo hacerlo!

Era doloroso decirlo, pero era cierto. Él había cometido un error y ella le había hecho el trabajo sucio marchándose antes de darle la oportunidad de echarla de allí.

Los ojos de Malik ardieron de furia.

–¿De verdad crees que me falta el coraje necesario para terminar con un matrimonio que no me interesa?

–No sé qué creer.

–La respuesta correcta, Sydney, es «no».

Ella le fulminó con una mirada.

–¿Entonces por qué dijiste que habías cometido un error? A mí me parece que sí lo entendí todo muy bien.

–Sí. Lo entendiste todo muy bien.

Sydney sintió que algo se le clavaba en el corazón. Por fin le oía decir la verdad.

Malik se puso en pie.

–Sí dije las palabras, Sydney, pero no quería que tú las oyeras. Nunca tuve intención de hacerte daño.

Sydney levantó la vista hacia él. Tenía lágrimas en los ojos, pero no iba a derramar ni una.

–Entonces no sé muy bien qué nos queda por hablar. Has dicho que cometiste un error. Y ahora nos vamos a divorciar. Todo te ha salido muy bien.

–Sí –dijo él suavemente–. A lo mejor es así.

Él miró el reloj. Parecía tan calmado, tan impasible... Siempre controlando la situación.

–La ropa llegará dentro de una hora. Escoge lo que quieras. Págame si quieres. Me da igual –inclinó la cabeza–. Buenas noches.

Sydney sintió unas ganas arrolladoras de tirarle algo a la cabeza, pero tuvo que conformarse con darle un puñetazo a uno de los cojines.

Malik no sentía nada. Ella, en cambio, lo sentía todo.

Capítulo 6

SYDNEY se puso el *abaya* de seda color turquesa que había escogido de entre los que le había llevado la costurera. No llevaba tocado, pero sí se hizo un moño rápido y se lo aseguró con un par de horquillas con pedrería. Llevaba sus propios zapatos, unas sandalias de tacón con tiras que no le daban la altura que hubiera querido, pero que al menos la hacían sentir cómoda y modesta. No se maquilló mucho, solo se pintó un poco los ojos y se puso un brillo rosa pálido en los labios. Cuando quedó satisfecha con el resultado, agarró el bolsito de fiesta y se fue a buscar a Malik. Él estaba en la entrada, esperando. Al verle allí, ella titubeó un momento, pero en ese momento él levantó la vista y ella no tuvo más remedio que avanzar hacia él. Siempre había estado impresionante con traje, pero esa noche estaba simplemente irresistible. Llevaba un *dishdasha* negro, bordado en los puños con hilo de oro. Su *keffiyeh* era rojo oscuro, el color tradicional. De alguna forma, aquel atuendo la hacía fijarse en su boca sobre todo; esa boca sensual que la había llevado al cielo y la había traído de vuelta a la Tierra tantas veces... Apartó la vista, decidida a no pensar en ello. Sin embargo, el calor ya había empezado a crecer en su interior, entre sus piernas, una sensación profunda e intensa, la quisiera o no. ¿Cómo podía sentirse atraída por él después de todo el daño que le había hecho? En realidad no la deseaba. Pensaba que había sido un error, una equivocación... Era igual que haber crecido en la familia Reed; siempre la imperfecta, la oveja negra... Todos sus familiares eran rubios, bronceados, ambiciosos, triunfadores... Ella no era ninguna de esas cosas.

–No tengas miedo, Sydney –le dijo Malik, malinterpretando su incapacidad de mirarle a los ojos–. Estás preciosa. Les vas a encantar al rey y a la reina.

–Gracias –contestó ella.

Salieron de la casa y subieron al lujoso deportivo de Malik. El motor rugió como un tigre cuando Malik aceleró para incorporarse a la vía. Sydney se volvió hacia la ventanilla y contempló las luces de la ciudad. No quería mirarle a él. El coche era carísimo y veloz, pero el habitáculo era demasiado pequeño. Estaba muy cerca de él. Demasiado cerca. Podía oler su piel, el aroma de su champú.

–Mi hermano no sabe por qué estás aquí –dijo él de repente, cortando el silencio.

Sydney se volvió hacia él bruscamente. Durante un instante se preguntó si le había oído bien.

–¿No le dijiste nada del divorcio? ¿Por qué no?

Las manos de Malik sujetaban el volante con seguridad, con fuerza, pero Sydney no quería mirarlas.

–Porque solo es asunto nuestro, de nadie más.

Sydney se quedó perpleja.

–Pero llevamos más de un año separados. ¿No crees que sospecha algo?

–La gente se reconcilia, Sydney –miró por el espejo retrovisor y cambió de carril rápidamente–. Si no quieres soltarles todos nuestros problemas esta noche, te aconsejo que finjas ser feliz.

–No sé si podré.

Él le lanzó una mirada exasperada.

–No es difícil. Sonríe. Ríete. No me fulmines con la mirada.

Ella cruzó los brazos por encima del pecho.

–Es muy fácil decirlo.

Malik agarró el volante con más fuerza. La tensión era evidente.

–Solo es una noche, Sydney. Creo que podrás arreglártelas.

Diez minutos más tarde, estaban atravesando las puertas del palacio y parando frente a la flamante entrada. Malik le dijo que esperara y entonces la ayudó a bajar del vehículo. La hizo agarrarle del brazo y la condujo hacia la entrada. La larga alfombra roja estaba flanqueada por hombres que les hacían reverencias a su paso. Y entonces entraron en el palacio. Sydney tuvo que hacer un gran esfuerzo para no mirar con indiscreción. Había visto opulencia en muchas ocasiones. Solía enseñarles casas a los ricos y había vivido con Malik en París durante un mes. Sabía muy bien lo que el dinero podía comprar. Pero aquel lugar era mucho más de lo que había esperado. Arañas de cristal, mosaicos de azulejos pintados a mano, madera de Siria con incrustaciones de nácar, arcos y cúpulas de estilo morisco, delicadas pinturas sobre seda, suelos de mármol... Sus tacones repiqueteaban contra el brillante suelo y la cúpula le devolvía el eco amplificado de sus propios pasos.

–¿Creciste aquí? –le preguntó a Malik, y entonces deseó no haber dicho nada.

Su voz sonaba estruendosa en aquellas estancias silenciosas, como si hubiera gritado en lugar de susurrar.

–No –le dijo él, escuetamente–. Mi familia no estaba en la línea sucesora directa. Adan llegó al trono cuando murió nuestro primo. Hemos tenido que acostumbrarnos, pero sobre todo él.

–*Inquieta vive la cabeza que lleva una corona* –dijo, pronunciando la famosa cita.

–*Enrique IV* –dijo Malik sin dudar.

–No sabía que te gustara Shakespeare –dijo ella, sorprendida.

Habían ido a la ópera en un par de ocasiones, al ballet una vez, pero nunca habían ido al teatro. ¿Cómo era que nunca habían hablado de Shakespeare? Ella siempre había querido estudiar Literatura y Arte en la universidad, pero sus padres no la habían dejado. O estudiaba Empresariales o no estudiaba nada. Esas eran todas las opciones que le habían dado. Los artistas trabajaban en la hostelería, mientras que los empresarios movían el mundo... O eso le decía su padre.

–Hay muchas cosas que no sabes de mí.

Antes de que pudiera preguntarle nada más, llegaron a una puerta custodiada por dos guardias. Uno de ellos les abrió la puerta y les dio acceso a una zona privada que parecía mucho más hogareña que el palacio del que acababan de salir. Una pareja de lo más corriente se acercó a saludarlos. Sydney tardó unos segundos en darse cuenta de que eran los reyes de Jahfar.

La reina estaba embarazada. Su pelo largo y cobrizo estaba cubierto de mechas rubias... Igual que cualquier chica de California.

–Llámame Isabella –dijo la reina cuando Malik se la presentó.

Sydney le tomó aprecio al momento. El rey Adan, en cambio, era bastante imponente. Era de la misma estatura que Malik, pero Adan parecía más duro, serio... El peso de esa corona, sin duda... Y el peso del desprecio que debía de sentir por ella. Sydney bajó la vista mientras él la miraba. Seguramente recordaba la llamada de teléfono, recordaba cómo su hermano le había dicho que se arrepentía de haberse casado con una chica de California sin dinero ni familia.

–Bienvenida a Jahfar, hermana –dijo el rey, besándola en las mejillas–. Llevábamos mucho tiempo esperando tu visita.

–Yo... Gracias, Majestad –dijo Sydney, sintiendo cómo le subía el rubor a las mejillas.

Malik la agarró de la mano, la atrajo hacia sí y la rodeó con el brazo. Sydney no pudo sino agradecérselo... Por lo menos así Adan dejaba de mirarla con tanta intensidad. El monarca les dedicó una última mirada a los dos y se dirigió hacia el comedor. Era tan parecido a Malik, intenso, sombrío, apuesto... Se veía que eran hermanos. Tenían la misma piel bronceada, la misma estructura ósea, la misma voz poderosa. Sin embargo, había una frialdad entre ellos que resultaba sorprendente. Isabella, en cambio, era de lo más sociable. Reconducía la conversación con habilidad cuando se hacía un silencio incómodo y los mantenía hablando incluso cuando no había nada más que decir. Era cálida y agradable, ingeniosa y dulce, con una personalidad hecha y carismática. Por primera vez desde su llegada, Sydney no se sintió tan intimidada por la idea de ser la esposa de un jeque. Isabella no tenía nada que ver con la idea preconcebida con la que había viajado a Jahfar, y eso era bueno.

Cuando la cena terminó, Isabella sugirió que tomaran un café en la terraza, pero antes le pidió a Sydney que la acompañara al dormitorio de su hijo.

–La verdad es que quería hablar contigo a solas –le dijo, cerrando la puerta de la habitación del pequeño al salir.

–Oh –dijo Sydney–. Muy bien.

Estaba encantada con el niño. Rafiq era una belleza de rizos negros, cariñoso y risueño. Nunca había pensado mucho en la idea de tener niños con Malik, aunque sí imaginaba que los hubieran tenido después de un tiempo.

Isabella la agarró de la mano y la condujo a una salita de estar situada junto a una ventana.

–Supongo que debe de ser difícil para ti –le dijo, cuando se sentaron la una frente a la otra–. No es fácil recomponer un matrimonio después de tanto tiempo separados. Pero quiero decirte que es posible. Los hombres Al Dhakir merecen la pena, aunque a veces quieras agarrarles del cuello y apretar hasta que dejen de respirar.

Sydney soltó una carcajada.

–¿El rey te dio algún quebradero de cabeza?

Isabella se rio.

–Muchos, aunque creo que fui yo la que se metió en más líos. No obstante, sobrevivimos. Y tú también puedes. Dale una oportunidad a Malik. Es un buen hombre. Todos lo son. Pero no siempre saben cómo llegar a las personas a las que aman.

«Aman...».

Ese no podía ser el caso de Malik, porque él no la amaba. Sin embargo, Sydney no podía decírselo a Isabella, sobre todo después de ver cómo adoraba el rey a su esposa. Los ojos se le derretían cada vez que la miraba. La expresión de su cara se iluminaba. En el pasado, hubiera dado cualquier cosa porque Malik la mirara así, pero ya le daba igual. Era demasiado tarde, aunque no pudiera decírselo a la reina.

–Lo recordaré –le dijo finalmente, bajando la vista.

Isabella pareció creer en sus palabras. Le apretó la mano.

–Muy bien. Vamos a tomarnos ese café.

Un trueno ensordecedor la despertó en mitad de la noche. Sydney se incorporó, alarmada, con el corazón desbocado. Tenía que haberlo soñado. Era un país del desierto. No tenían tormentas eléctricas...

Se oyó otro estruendo, y entonces un relámpago cortó el cielo en dos. Sydney agarró su albornoz y se levantó de la cama a duras penas. Una ráfaga de viento caliente le agitó la ropa. Abrió la puerta y salió a la terraza, descalza. Las piedras todavía estaban calientes después de un largo día de sol abrasador. Otro relámpago iluminó el firmamento, el mar... Le había llevado horas quedarse dormida. Gran parte de la culpa la tenía el jet lag. Pero Malik tenía la otra parte. Habían vuelto a casa en silencio después de cenar con el rey y la reina. Sydney había querido preguntarle unas cuantas cosas, pero no había sido capaz de abrir la boca. Al llegar, él le había dado las buenas noches y la había dejado sola en la entrada. Otra ráfaga de viento le alborotó el cabello alrededor de la cara. Sydney se lo echó a un lado y respiró hondo.

–Parece peor de lo que es.

Sydney se dio la vuelta bruscamente. Malik estaba sentado en el otro extremo de la terraza. Se levantó de una silla y echó a andar hacia ella. Otro relámpago iluminó los cielos. Sydney sintió que el corazón se le salía por la boca.

Ni siquiera llevaba camisa.

Se detuvo frente a ella.

–¿Va a llover?

Él miró al cielo.

Sydney tuvo tiempo de mirarle de arriba abajo en una fracción de segundo. Su pecho era ancho, esculpido con músculos de acero. Una fina línea de vello descendía por el centro hasta perderse por debajo de la cintura de sus vaqueros desgastados.

Sydney levantó la vista rápidamente, pero no a tiempo. Malik la estaba observando. Su mirada intensa la quemaba.

–¿Te gusta lo que ves?

Ella se echó el pelo a un lado.

–Sí. Pero da igual si me gusta o no, porque no pienso volver a ir por ese camino.

Él soltó una carcajada.

–No va a llover esta noche, pero podemos saciar nuestra sed de agua de otra forma. Seguro que recuerdas lo bueno que era, Sydney.

–Me da igual –le dijo ella, cada vez más incómoda.

Él estiró una mano y le sujetó un mechón de pelo detrás de la oreja. Sydney sintió un escalofrío. Él era diferente. Después de salir del palacio, se había vuelto silencioso, tenso... Ella creía saber por qué, pero no había podido preguntarle.

–Antes no te daba igual. Recuerdo que nunca tenías suficiente.

–La gente cambia, Malik. Yo he cambiado.

–¿Lo has hecho?

–Creo que los dos hemos cambiado.

–A lo mejor todos estos cambios son para bien –dijo él. Su voz era demasiado seductora.

Sydney estaba hipnotizada. Lo deseaba con todo su ser, pero era una mala idea sucumbir a aquellos impulsos. Si caía otra vez, entonces ya no habría vuelta atrás.

–Lo dudo.

Él esbozó una media sonrisa y entonces Sydney supo que había cometido un error.

–Sí. A lo mejor tienes razón. No se podía mejorar mucho más. ¿De cuántas maneras te entregaste a mí? ¿Cuántas veces?

–Más que suficientes –dijo ella, orgullosa de ser capaz de contestarle a pesar de todo lo que aquellas palabras evocaban.

–Seguro que se nos ocurren unas cuantas cosas más que probar.

Ella sacudió la cabeza.

–No va a funcionar, Malik. No puedes convencerme para que me vaya a la cama contigo.

–¿Y quién ha dicho nada de una cama?

Un trueno reverberó sobre el agua. Sydney dio un salto. Malik la agarró justo a tiempo y ella se tropezó contra él, cayendo contra su pecho. Él la sujetó con fuerza. Su corazón latía tan rápido como el de ella. Su cuerpo, grande y fuerte, era tan sólido, tan reconfortante. Sydney se sentía como un cubito de hielo cayendo en un vaso de agua fría. Se derretía, se estaba perdiendo...

Siempre había sido así con él. Bastaba con que la tocara para perder la razón. Él cambió de postura y Sydney pudo sentir la presión de su erección contra el cuerpo. Sin pensar en lo que hacía, se apretó contra él. Malik contuvo el aliento.

–Cuidado, *houri* –le susurró él al oído–. O terminarás en mi cama sin darte cuenta.

Sydney quería estar allí, se moría por estar allí. Una noche más con Malik, una noche más sintiéndose más viva de lo que se había sentido jamás, amada, acariciada...

No. Él no la amaba. Nunca la había amado.

–Lo siento –le dijo, apartándose.

Él la soltó sin poner resistencia.

–Seguro que sería maravilloso, pero me arrepentiría por la mañana. No va a cambiar nada entre nosotros. Y nos haría más difíciles las cosas durante el tiempo que nos queda.

–Entonces no podemos ser... ¿Cómo lo decís? ¿Amigos con derecho a roce?

Sydney sintió un pinchazo.

–Nunca hemos sido amigos. Creo que esa parte nos la saltamos directamente.

Malik se mesó los cabellos y soltó el aliento.

–No, a lo mejor no.

Sydney se mordió el labio por dentro. Jamás hubiera esperado que fuera a admitir algo así.

–Siento que no sé nada de ti.

–Sabes lo más importante.

–¿Cómo puedes decir eso? ¡No sé nada! Hasta esta noche, ni siquiera sabía que te gustaba leer a Shakespeare.

–Fui a la universidad en Inglaterra. Shakespeare era inevitable.

–¿Lo ves? Ni siquiera sabía eso.

Él extendió los brazos, haciendo un gesto de frustración.

–¿Qué quieres saber? Pregunta y, si puedo, te contestaré.

Otro estruendo sonó sobre el océano, pero esa vez no fue tan ensordecedor.

–Me gustaría saber por qué te sientes tan incómodo al lado de tu hermano.

Él cerró los ojos un momento y entonces la atravesó con una mirada implacable.

–Claro. ¿Qué ibas a preguntar si no? No tengo respuesta para eso. Estábamos muy unidos de niños, pero con el tiempo nos distanciamos. Nuestras vidas eran... formales.

–¿Formales?

–Tú vivías en tu casa con tus padres, ¿no?

Ella asintió con la cabeza.

–Nosotros teníamos niñeras y no siempre vivimos en la misma casa. Nuestra madre era... nerviosa. Digámoslo así. Los niños eran demasiado para ella.

–¿Demasiado?

–La veíamos, pero teníamos que comportarnos muy bien cuando estábamos con ella. Le gustaba más codearse con sus amigos que estar con sus hijos. Creo que en realidad no era culpa suya. Era muy joven cuando se casó con mi padre y los niños llegaron muy rápido. No sabía qué hacer con nosotros, así que se refugió detrás de ese velo de privilegios y riqueza.

–¿Y tu padre?

Él pareció entristecerse.

–Era un buen hombre. Muy ocupado. Y formal. Creo que apenas tenía tiempo para nuestra madre, y nada de tiempo para nosotros.

Sydney pensó en sus propios padres, en lo mucho que se amaban y en lo feliz que había sido su infancia.

–Pero debía de quererla mucho si se casó con ella.

Malik soltó una risotada inesperada.

–Así funciona el matrimonio en tu cultura, *habibti*. Aquí uno se casa por obligación, por conveniencia, por alianzas entre familias, para consolidar el poder y el dominio sobre la tierra. Mi padre se casó con la mujer que su familia había dispuesto para él. Y entonces cumplió con su deber y la dejó embarazada.

Sydney sintió pena. Todo era tan frío, tan cruel... Pero las cosas tampoco eran perfectas en su propio país. El matrimonio por amor no era ningún camino de rosas. El amor no siempre era para siempre y el divorcio estaba a la orden del día.

–No me has hecho la pregunta más evidente –dijo Malik, interrumpiendo sus pensamientos.

–¿Cuál es esa pregunta?

Los ojos de Malik emitieron un destello.

–No me has preguntado si también habían dispuesto una esposa de conveniencia para mí.

El estómago de Sydney dio un vuelco. Jamás se le había ocurrido...

–¿Lo hicieron?

La sonrisa de él fue agridulce.

–Claro. Soy un príncipe de Jahfar.

Capítulo 7

ELLA le miraba con dolor en sus ojos grisáceos. Malik masculló un juramento para sí. Nunca había querido causarle dolor, pero no lo había conseguido. Le había hecho daño demasiadas veces.

–¿Tenías una prometida?

Él se encogió de hombros, intentando restarle importancia.

–Dimah no solo era mi prometida en ese sentido.

Ella sacudió la cabeza. Su cabello largo y rojo ondeaba al ritmo de la brisa marina. Malik sintió el golpe del deseo nuevamente. El viento le había abierto la bata, dejando sus largas piernas al descubierto, unas piernas que un rato antes habían estado enroscadas en torno a su propia cintura.

–No sé qué quiere decir eso –dijo Sydney, ajena al tormento que pasaba él en ese momento–. Se suponía que te ibas a casar con alguien, pero te casaste conmigo. ¿Por qué?

Malik respiró hondo. Las palabras de ella cortaron la espesa niebla que envolvió sus pensamientos. El dolor seguía ahí, el horror, la culpa... No había hablado de ello con nadie, no había querido hacerlo durante mucho tiempo. Todo había terminado. Dimah estaba muerta. No podía decir o hacer nada para recuperarla. Un relámpago desgarró el firmamento nocturno, iluminando el rostro de Sydney. Parecía confundida, preocupada...

Por él. Estaba preocupada por él. Pero él no se merecía su simpatía.

–Murió –le dijo él, sorprendiéndose con aquellas palabras que jamás había pronunciado hasta ese momento.

Sydney le agarró la mano, se la apretó. Él sintió la descarga de sensaciones hasta los dedos de los pies. ¿Qué tenía ella para hacerle reaccionar así? Cuando ella le miraba, se sentía como si no mereciera el amor de nadie.

–Lo siento mucho –le dijo ella.

–No es culpa tuya. Pasó hace mucho tiempo. Por aquel entonces no tenía ni veinte años. Era joven y alocado.

–¿Y no te casaste con nadie?

–No tenía que hacerlo. No.

No había querido casarse con Dimah. Se conocían desde la infancia, y siempre habían estado prometidos. Pero él nunca la había querido de esa manera. Dimah era como un fantasma, le seguía en la distancia, pendiente de cada palabra que decía... Para ella no había nadie más en el mundo que no fuera él. Con el paso de los años, su comportamiento había ido cambiando, pero de una forma muy sutil. Su adoración se había vuelto más sigilosa, pero seguía estando ahí. Malik sentía que se ahogaba, aunque apenas la veía y nunca pasaba tiempo con ella a solas. Y después, cuando su padre le había llamado para decirle que la boda se celebraría pronto, se había puesto furioso. Había ido a buscarla y la había pagado con ella.

–Se mató –le dijo de repente–. Porque yo le dije que la odiaba.

Sydney contuvo el aliento.

–Oh, Malik –le dijo, apretándole la mano. Solo era compasión lo que ella le ofrecía, pero para él fue más importante, más profundo–. No fue culpa tuya.

Todavía podía ver el rostro de Dimah. Él había hecho añicos todos sus sueños.

–¿Cómo que no? Nos íbamos a casar, y yo le dije que la odiaba porque sin ella no me iba a ver obligado a hacerlo.

–No eres responsable de sus acciones –le dijo Sydney, insistiendo–. Nadie lo es. Ella eligió.

Malik solo podía mirarla fijamente. Quería creerlo, pero no podía, porque merecía sentir el dolor de lo que había hecho.

–Ella no hubiera escogido eso, si yo hubiera cumplido con mi deber sin más.

–Eso no lo sabes –sus dedos estaban entrelazados con los de él.

Malik se preguntó si ella se había dado cuenta. Levantó su mano y la de ella y les dio la vuelta, dejando al descubierto su pálida muñeca. Puso sus labios sobre ella, porque llevaba mucho tiempo deseando hacerlo. Sintió el escalofrío que la recorría de arriba abajo. Pero no era un escalofrío de rechazo.

–¿Por qué estás tan dispuesto a perdonarme por este crimen tan terrible? –le preguntó él–. Tú deberías saber mejor que nadie lo egoísta que puedo llegar a ser.

–Yo... –Sydney bajó la vista.

Se sentía... decepcionada, porque de alguna manera tendría que estar de acuerdo con él. No había otra elección posible.

–Todo el mundo es egoísta de vez en cuando. Eso no quiere decir que tengas la culpa por lo que tu prome... Por lo que Dimah hizo.

Una ola de emoción golpeó a Malik desde dentro. Estaba equivocada, pero ver cómo le defendía resultaba extrañamente reconfortante. ¿No era por eso por lo que había ido en contra de todo y de todos para casarse con ella?

–Qué buena eres... Hasta me defiendes... –murmuró, con los labios apoyados sobre la delicada piel de su muñeca–. Recuerdo que no siempre fuiste tan indulgente conmigo.

Ella levantó la vista entonces, su mirada aguda y cargada de emociones.

–Y sigo sin serlo. Pero creo que no deberías culparte por las acciones de otra persona, por muy dramáticas que fueran.

–¿No es culpa mía que me dejaras en mitad de la noche sin darme explicación alguna? ¿No es culpa mía que estés aquí ahora? Tengo que tener la culpa de algunas cosas, *habibti*, aunque te agradezco que intentes hacerme sentir libre de ella.

–Yo... Yo tomé mis propias decisiones –susurró ella.

Una sucesión de relámpagos iluminó el mar. Los truenos no tardaron en llegar, pero el estruendo se produjo a lo lejos. Sydney le observaba con ojos llenos de emoción. El aire repiqueteaba como una hoguera, cargado de electricidad, pero Malik no sabía si era a causa de la tormenta o por la tensión acumulada que había entre ellos.

Quería estrecharla entre sus brazos y averiguarlo. Podía perderse durante unas cuantas horas. Un sueño imposible... No obstante. Ella le odiaba. Y él probablemente se lo merecía. Le soltó la mano, le acarició el cuello con un dedo. Ella tragó en seco una y otra vez, pero no le hizo detenerse.

–Ah, pero ahora ves la trampa en la que te has metido, ¿no? Al quitarme el peso de la culpa de la muerte de Dimah, también me estás quitando la culpa de haberte dejado marchar, de nuestro distanciamiento. Y eso no lo puedes hacer.

Los ojos de Sydney emitieron un destello brillante.

–Deja de poner palabras en mi boca, Malik.

–Yo solo digo la verdad.

Ella soltó el aliento y se apretó el cinturón de la bata. La silueta de sus pechos le hacía la boca agua.

–Ninguno de los dos está libre de culpa. Nadie es perfecto –se frotó los ojos con una mano–. Yo podría haber hecho las cosas de otra manera. Probablemente debería haberlo hecho. Debería haber sido más directa contigo, pero en vez de eso, dejé que lo controlaras todo.

Él levantó la cabeza.

–No era consciente de ello. Recuerdo que me desafiaste en más de una ocasión.

Ella soltó el aliento bruscamente.

–Por cosas pequeñas, Malik. Nada grande. Nada importante. Pero debería haberlo hecho.

–Sí, deberías. Y yo te lo hubiera agradecido.

La risa de Sydney fue suave, sorprendente.

–¿Me lo hubieras agradecido? No lo creo... Gran príncipe del desierto.

–No te burles de mí –le dijo él, reprimiendo una sonrisa.

–No, solo digo la verdad.

Él la agarró de los hombros. Con solo tocarla, sintió que la sangre huía de su cuerpo.

–Lo que más me gustó de ti desde el principio fue tu sencillez. No fingías... No te rendiste a mis pies.

Ella se echó a reír.

–Dios, no. Creo que lo hice todo excepto insultarte a la cara. Me parece que fui un poquito... hostil.

–Porque hiciste tus deberes –le dijo él, recordando lo que ella le había dicho cuando habían empezado a verse con más frecuencia.

Ella bajó la vista y entrelazó las manos sobre su regazo.

–Lo último que necesitabas era que otra mujer cayera rendida a tus pies. Aunque tampoco te llevó mucho tiempo conseguir que yo también cayera rendida, ¿no?

Malik sintió una punzada de dolor en el pecho. Recordaba muy bien aquel momento, cuando ella se había rendido, cuando había tirado la toalla por fin.

–Me tomé tu indiferencia como un desafío.

–Menudo desafío –dijo ella en un tono amargo–. Te llevó menos de una semana cambiarme.

–¿Estás enfadada contigo misma por ello? –le preguntó Malik. El dolor palpitaba en su interior, llenándolo por completo.

Ella se arrepintió de haberse rendido tan fácilmente. Se arrepintió de haberle hecho tanto caso.

Un fuego abrasador empezó a propagarse dentro de Malik. Necesitaba poseerla, hacerla olvidar todos esos momentos amargos, todos esos sentimientos tristes... Pero ya no había mucho que hacer. Ella ya no lo quería, tal y como le había dicho desde su llegada. Debería haber ido tras ella cuando se marchó de París. No debería haber dejado pasar ni un solo día. Había sido un idiota.

–Las cosas hubieran sido más fáciles si yo me hubiera cohibido un poco. No hubiéramos tenido que pasar por lo que estamos pasando en este momento.

Sus palabras le hirieron donde más le dolía.

–Pero ya no queda más remedio –dijo Malik, resignado. Dio un paso atrás, se inclinó ante ella–. Es tarde, *habibti*. Tienes que descansar.

Dio media vuelta y se alejó de ella. Volvió a su dormitorio, volvió a su soledad.

Sydney no durmió muy bien esa noche. Había muchas cosas que quería preguntarle a Malik, cosas que había querido decirle cuando estaban solos en la terraza. Él se había mostrado tan cercano, tan accesible... Esa era una cara que jamás le había mostrado hasta ese momento. Se había sentido atraída por él... Un sentimiento peligroso... Y la curiosidad la había picado más de la cuenta. Pero entonces él se había cerrado de nuevo. Se había retraído, la había dejado allí, de pie, a merced del viento y de los truenos, confundida con sus propias emociones. Había pensado ir tras él, pero había desechado la idea enseguida. Él iba a enfadarse si lo hacía. Además, ¿cómo iba a controlar lo que pasaba entre ellos si le seguía hasta su dormitorio? Era tan débil cuando se trataba de él... Todavía podía sentir el tacto de su pecho, allí donde le había puesto las manos. Los duros contornos, el calor abrasador de su piel, el fino vello... Se moría de deseo, estaba llena de recuerdos felices. Y cuando por fin se quedó dormida, soñó con él, con la agonía de su voz mientras le contaba lo de Dimah. ¿Por qué no se lo había dicho antes? ¿Por qué no se lo había dicho nunca en todas esas semanas que habían pasado juntos? Aquello no era más que otro síntoma de todo lo que estaba mal entre ellos. Apenas se conocían y sobrevivían a base de pasión desenfrenada. Ese fuego no podía durar mucho. Después de una noche en vela, Sydney se despertó temprano. El sol acababa de asomarse en el firmamento. Se dio una ducha, se puso un vestido color café y unas sandalias romanas. Se recogió el cabello en una coleta, se maquilló suavemente y se dirigió hacia el salón comedor. Su corazón revoloteó con fuerza al detenerse delante de la puerta. Podía oír la aterciopelada voz de Malik, mientras conversaba con una empleada. Sydney respiró hondo y entró en la estancia.

Ambos se volvieron hacia ella. Malik parecía furioso, pero fue la mujer que estaba con él la que llamó la atención de Sydney. Era esbelta, elegante y llevaba ropa muy cara. Definitivamente no era una sirvienta. La mujer se volvió hacia Malik de nuevo y empezó a hablar en árabe a toda velocidad, haciendo gestos en dirección a Sydney.

–Madre –dijo Malik por fin. Su voz sonaba más dura que nunca–. Hablaremos en inglés a partir de ahora.

La mujer fulminó a Sydney con una mirada.

–Sí, en inglés. ¿Y me dices que esta chica es la adecuada para ser una Al Dhakir? ¡Ni siquiera habla árabe!

–La lengua se puede aprender. Tal y como demuestra tu dominio de la lengua inglesa.

Su madre montó en cólera.

–Deberías haber cumplido con tu deber, Malik. Tu padre te dejó salirte con la tuya muy fácilmente cuando murió Dimah. Adan te consiguió una novia adecuada, porque yo se lo pedí, pero tú te negaste a hacer lo correcto.

Los múltiples anillos de la princesa brillaron a la luz del sol mientras bebía un sorbo de café.

–Yo preferí encontrar mi propia novia, lo cual, como puedes ver, he hecho –Malik fue hacia Sydney y la rodeó con el brazo, haciendo un gesto posesivo, casi amenazante.

Cuando Malik la atrajo hacia sí y le dio un beso en los labios, Sydney no pudo sino contener el aliento.

–Madre, saludarás a mi esposa como debe ser. Si no lo haces, tendrás que marcharte.

–Malik... –empezó a decir Sydney–. Eso no es necesario.

Él la agarró con más fuerza.

–Es muy necesario. Esta es nuestra casa.

Su madre se puso en pie. Todas sus joyas tintinearon un instante.

–Ya me iba de todos modos –dijo la señora y dio media vuelta.

Sydney la observó mientras se alejaba. Tenía el pulso desbocado. La cabeza le daba vueltas. De repente sentía mucho calor... Esa mujer era la madre de Malik y la detestaba por una razón muy sencilla. Era extranjera y se había casado con su hijo. No era de extrañar que él no hubiera querido llevarla a Jahfar hasta ese momento.

–Dile la verdad, Malik –le dijo, apartándose de él. Fue a servirse una taza de café.

La madre de Malik se detuvo justo antes de salir y se volvió hacia su hijo.

–¿Decirme qué?

Malik pareció furioso. Y esa vez no era con su madre.

–Este no es el momento –dijo en un tono cortante.

–¿Y cuándo será el momento adecuado? –preguntó Sydney–. Dile lo que quiere oír. No la tortures más.

La madre de Malik miró a su hijo y después a la joven, confundida. La princesa era una mujer menuda, esbelta, grácil. Tenía los mismos ojos agudos que sus hijos, la misma actitud fiera, orgullosa...

–¿Malik?

Él no miraba a su madre, sino a ella, fulminándola.

–Sydney y yo estamos preparando el divorcio.

No era exactamente lo que quería que dijera, pero era suficiente. Y sin duda tuvo el efecto deseado.

–Muy sensato por tu parte –se volvió hacia Sydney–. Me alegra ver que por lo menos tienes algo de sentido común. Debes saber que este no es tu sitio.

Sydney levantó la barbilla.

–Lo sé muy bien.

La madre de Malik asintió con la cabeza y salió de la estancia, dejando un rastro de perfume a su paso. Malik no fue detrás de ella. Se quedó allí parado, frunciendo el ceño. Sydney sacó una silla y se sentó. Se sentía extrañamente calmada, como si se hubiera enfrentado a una tormenta y hubiera salido de ella más fuerte todavía. Sin embargo, sí que había un ligero temblor en su mano que se hizo especialmente visible cuando dejó la taza sobre la mesa.

–No tienes por qué atravesarme con esa mirada, Malik. Al final lo iba a averiguar.

–Sí, pero cuando yo quisiera.

Sydney se dio cuenta de que él estaba terriblemente furioso. La sensación de haber sobrevivido a la tormenta se desvaneció.

–Pero ¿por qué ibas a mantenerlo en secreto? No es que estemos intentando arreglarlo ni nada parecido. Estamos conviviendo por una razón muy clara. Yo no quiero fingir que esto es algo que no es.

No quería falsas esperanzas. No quería hacerse ilusiones y empezar a pensar que había algo más entre ellos. Su corazón no podía con ello. Un escalofrío le recorrió la piel.

–Cuando termines el desayuno –le dijo él–. Tendrás que hacer las maletas.

Sydney se detuvo justo antes de beber de la taza. El corazón se le cayó a los pies.

–¿Me echas así?

Él parecía tan cruel.

–Eso no te gustaría nada, ¿verdad?

–Bueno, estropearía un poco el tema del divorcio –le dijo, con el corazón retumbando en el pecho.

–No temas, Sydney. Tendrás tu querido divorcio. Pero tengo negocios que atender en mis tierras. Nos vamos a Al Na'ir.

Capítulo 8

VIAJARON en helicóptero. Malik pilotaba el aparato con la destreza de un profesional. Otra cosa que no sabía de él... Estaba sentado en el asiento del piloto del avión cuasi militar, con el copiloto a su lado. Llevaban cascos y se comunicaban de vez en cuando, entre ellos y con la torre de control. Sydney iba sentada detrás y admiraba las hermosas vistas por la ventanilla. El paisaje pasó a toda velocidad durante las dos horas que duró el viaje a Al Na'ir. Las rojas dunas y los acantilados de arena se hacían cada vez más impresionantes a medida que avanzaban en el vuelo. Por una vez, deseó haber mirado la ubicación de Al Na'ir en el mapa. No sabía nada más de lo que Malik le había dicho. Sabía que había mucho petróleo allí y que era una tierra remota.

Cuando el helicóptero empezó a descender por fin, Sydney se sorprendió al ver que no había nada a su alrededor. Aterrizaron sobre una plataforma rocosa. Alrededor de ellos no había más que desierto en todas direcciones. La tierra era árida, seca... No había edificios, ni casas. Pero sí había un cuatro por cuatro esperándolos. Las aspas se detuvieron lentamente. Malik bajó y fue hacia la parte de atrás para abrirle la puerta. Una ráfaga de aire caliente la golpeó en la cara, dejándola sin aliento.

¿Qué clase de infierno era ese lugar?

–¿Dónde estamos? –le preguntó, asiendo su mano y

dejándole ayudarla a bajar. Se había puesto un *abaya* de algodón blanco porque él le había dicho que así se protegería mejor del calor. Se había calzado unas ballerinas totalmente planas. El sol la golpeaba de lleno; sus rayos eran intensos. Todavía no había llegado al cénit, pero ya era abrasador.

—Estamos en Al Na'ir.

—¿Pero en qué parte? —le preguntó. Parecía tan remoto que era fácil creerse en otro planeta.

—Estamos en el desierto de Maktal, *habibti*. Es la zona más remota de todo Jahfar.

Sydney tragó con dificultad.

—¿Y por qué hemos venido? ¿Hay algo más en Al Na'ir aparte de esto?

—Mucho más. Pero estamos aquí porque tengo negocios que atender.

Ella miró hacia el coche.

—Y ¿adónde vamos desde aquí?

—Hay un oasis que está a una hora de camino. Allí podremos refugiarnos.

Refugiarse... Sydney trató de esconder el miedo. Nunca había estado en una tierra tan hostil.

—Pero ¿por qué no vamos en avión? —le preguntó, sacando su maleta del habitáculo del helicóptero.

El copiloto se acercó y los ayudó a sacar el resto del equipaje.

—Las tormentas de arena son un problema. No podemos volar hacia el interior del desierto porque la arena altera el funcionamiento de los motores. Podríamos tener un accidente, Sydney. Así, por lo menos, vamos sobre tierra firme. Solo de esta forma podemos llegar a nuestro destino.

—¿Y conducir es seguro?

—Siempre y cuando no se recaliente el motor.

Transportaron el equipaje al cuatro por cuatro. Malik le dijo algo al copiloto en árabe y el hombre le hizo una reverencia. Después volvió al helicóptero.

–Entra en el coche, Sydney –le dijo Malik.

Ella hizo lo que le pedía. Él subió un momento después por el lado del conductor. Los rotores del helicóptero empezaron a girar con más fuerza y en cuestión de segundos el vehículo se levantó en el aire y se perdió en el horizonte. Un momento después Sydney se dio cuenta de que estaba completamente sola con Malik en mitad de un desierto. Si el motor sufría una avería, ¿podrían encontrarles?

–¿Por qué se fue?

Malik se volvió hacia ella.

–El helicóptero no puede quedarse al aire libre. Si hay una tormenta, la arena estropea el motor. Cuando nos vayamos, volverá a por nosotros.

–Y ¿cuándo será eso?

–Dentro de unos días. No más de dos semanas.

–¿Dos semanas?

El viaje hasta el oasis les llevó algo más de una hora. El sol estaba en lo más alto, pero Malik no tenía alto el aire acondicionado. Hacía algo de calor en el habitáculo del coche, pero era soportable.

–Así no se recalentará el motor –le explicó él.

Tomaron una ruta bastante llana entre las dunas, aunque en ocasiones terminaban ascendiendo una gran pendiente para caer por el otro lado. Cuando Sydney vio unas palmeras en la distancia, pudo por fin respirar aliviada. Se detuvieron bajo unos árboles. Un grupo de hombres vestidos de negro se dirigió hacia el utilitario. Era hombres fuertes, con ojos penetrantes y piel tostada por el sol. Iban armados, con dagas y pistolas sujetos del cinturón.

–Beduinos –dijo Malik–. No te harán daño.

—No pensaba que fueran a hacerlo —dijo ella, mintiendo.

Malik bajó del coche y habló con ellos. Los hombres asintieron con la cabeza y le hicieron una reverencia. Un par de chicos jóvenes recogieron el equipaje y se lo llevaron. Malik regresó, la ayudó a bajar del coche y la condujo hacia una enorme tienda negra situada debajo de un grupo de palmeras. Una rutilante piscina de agua clara brillaba en el centro del oasis. A un lado del mismo había un grupo de camellos y caballos, ahuyentando moscas con la cola. Era tan raro viajar durante horas a través del desierto más seco para encontrarse con una laguna en mitad de la nada.

—¿De dónde viene? —le preguntó ella.

Malik siguió su mirada.

—Viene de una reserva que hay en la piedra arenisca a mucha profundidad bajo la superficie. Lleva miles de años ahí. Hubo un tiempo en que este oasis era una parada obligada para las rutas de comercio entre Jahfar y el norte. Eso fue lo que hizo navegable al Maktal.

Sydney se imaginó aquel oasis lleno de actividad, con camellos yendo y viniendo, siguiendo las rutas comerciales. Había un toque romántico en aquella idea, pero ella sabía que esa vida sería difícil, una vida llena de privaciones, de peligros. Era mucho mejor vivir en el presente y acceder a ese magnífico lugar en un coche con aire acondicionado, en vez de llegar sobre el lomo de un camello. Mientras contemplaba el paisaje, vio a tres mujeres que se acercaban al borde de la laguna y empezaban a echar agua en un abrevadero. Sydney se detuvo cuando se dio cuenta de que estaban lavando ropa. Malik se detuvo a su lado.

—Lo hacen así —le dijo, sabiendo que aquella imagen la sorprendía.

–Es surrealista. ¿Qué dirían si supieran que existen lavadoras?

Malik se echó a reír.

–Pues creo que no se llevarían una impresión tan grande como tú te crees. Es una forma de vida muy antigua.

Siguieron andando hacia la tienda de campaña. Los hombres que habían salido a recibirlos estaban esperando en la entrada. Malik habló con ellos y entonces se marcharon hacia el lado opuesto del oasis, hacia otro grupo de tiendas. De repente se oyó el ruido de una maquinaria que empezaba a funcionar.

–¿Sabían que venías? –le preguntó Sydney, tapándose los ojos para verles alejarse.

–Llevo tiempo sin venir. No. No sabían que llegaba hoy. Pero estas son mis tierras y yo soy el jeque. Siempre están preparados.

Malik levantó una de las solapas de la tienda y la invitó a entrar. Dentro el aire estaba caliente, estático. Malik pasó por delante de ella e hizo algo que no pudo ver. Un ventilador de techo se puso en funcionamiento. El aire no se enfriaba mucho, pero por lo menos así se movía un poco.

–Hay un generador. No es suficiente para poner aire acondicionado, pero sí para el ventilador y las luces. Y la refrigeración. Acaban de encenderlo, pero pronto tendremos bebidas frías.

–Increíble –dijo ella–. Pero ¿por qué este oasis, Malik? ¿Qué hay aquí?

Sydney estaba muy confusa. Si había una petrolera allí, entonces debían de tener electricidad, trabajadores de todo tipo, una infraestructura sólida... No tenían necesidad de montar unas rudimentarias tiendas en mitad de un desierto interminable.

Él apartó la vista y encendió los otros ventiladores.

–Llevo mucho tiempo sin venir. Ya era hora.

Sydney se lamió los labios.

–¿No podría haber esperado?

Él se volvió y la atravesó con una mirada abrasadora.

–No.

Sydney examinó la tienda de campaña. Era bastante lujosa. Había alfombras de colores brillantes sobre el suelo y las paredes, mesas de latón repujado, un sofá mullido... Pero no había cama.

–¿Dónde duermo yo?

–Hay un dormitorio.

Ella miró a su alrededor y entonces reparó en un acceso que debía de llevar a otra sección de la tienda.

–¿Un dormitorio? ¿Uno solo?

–Sí, uno.

El pulso de Sydney se aceleró.

–No va a funcionar, me temo.

–No puedo sacarme otro de la manga. Esto es lo que hay.

–No voy a dormir contigo.

Él fue hacia ella y se detuvo a unos centímetros de distancia. Podía sentir su calor envolviéndola. Le miró los labios; esos labios gloriosos, sensuales... Tenía los labios carnosos, firmes... Pedían a gritos ser besados.

–A lo mejor deberías –le dijo él en un tono sexy–. A lo mejor deberías explorar todas las posibilidades de este matrimonio antes de terminar con él.

–No estarás hablando en serio –le dijo, el corazón se le salía del pecho. El estómago acababa de darle un vuelco. Un cosquilleo le subía por la entrepierna.

–A lo mejor sí. Después de lo de esta mañana, estoy empezando a pensar que he accedido con demasiada facilidad a tus exigencias.

Sydney parpadeó.

–¿Mis exigencias? ¡Tú fuiste quien me obligó a venir a Jahfar! Yo solo trato de terminar con todo esto sin que sea un dolor para nadie.

Él aguzó la mirada.

–Has cambiado, Sydney. Antes no eras tan... cínica.

–¿Así lo llaman ahora?... Todavía estás enfadado conmigo por lo de tu madre –le dijo después de un tenso momento de silencio–. Siento que no estuvieras de acuerdo, pero no quería que quedara resentimiento entre vosotros innecesariamente.

Él se echó a reír bruscamente.

–Me temo que fracasaste en tu empeño, querida. Siempre ha habido resentimiento entre nosotros, y siempre lo habrá, aunque te marches. Tu aclaración no sirvió para nada.

–Te casaste conmigo porque no querías casarte con la novia que habían escogido para ti, ¿no?

–Me casé contigo porque quería.

–Pero casándote conmigo escapaste de otro matrimonio de conveniencia.

Él vaciló un instante.

–No tiene importancia.

–Sí que la tiene –dijo ella, con el corazón lleno de dolor.

No había sido más que una mera conveniencia para él, una ficha oportuna que había movido a su antojo. Si en ese momento hubiera estado saliendo con otra, sin duda se hubiera casado con ella, cualquier cosa con tal de estropearle los planes a su familia.

–A lo mejor me casé contigo porque sentí algo –le dijo, bajando la voz–. ¿Alguna vez se te ocurrió esa posibilidad?

Un dolor de otro tipo revoloteó en el corazón de Sydney.

–Eso lo dices por decir algo. No lo hagas.

No podía soportarlo, no en ese momento. Había pasado todo un año lejos de él, y él ni se había molestado en contactar con ella. Un hombre que sentía algo más no se comportaba así.

Los ojos de Malik emitieron un destello.

–Me conoces muy bien, ¿verdad, Sydney? Siempre has tenido muy claros cuáles eran mis sentimientos.

–Tú no tienes sentimientos –le espetó ella.

Él se puso tenso, como si acabara de darle una bofetada. La tensión salía de él a borbotones.

El corazón de Sydney dio un vuelco. La garganta se le cerró. No debería haber dicho algo así. Ese era el mismo hombre que un rato antes le había dicho que era responsable de la muerte de una joven.

Malik sentía cosas. Ella sabía que sí. Pero dudaba mucho que alguna vez hubiera sentido algo por ella. No obstante, eso tampoco le daba derecho a decirle algo así. Bajó la vista, tragó con dificultad.

–Disculpa. No quería decir algo así.

Él le respondió en un tono rígido, distante.

–Creo que los dos sabemos que sí querías.

«Tú no tienes sentimientos...».

Malik no podía sacarse las palabras de la cabeza, por mucho que lo intentara. Ya hacía mucho tiempo que el sol se había escondido tras las dunas rojas, y el aire del desierto se había refrescado. Estaba sentado con un grupo de beduinos, reunidos en torno al fuego, fumando *shishas* y bebiendo café. Él guardaba silencio y escuchaba. Hablaba cuando era necesario, pero su mente estaba en otra parte.

«Tú no tienes sentimientos...».

Sí que los tenía, pero a una edad muy temprana había aprendido a esconderlos muy bien. Si no reaccionabas, nadie podía hacerte daño. Había dejado de llorar por su madre cuando tenía tres años de edad, y había dejado de llorar por su niñera a los seis años. Se había vuelto decidido, seguro de sí mismo. Nadie había vuelto a obligarle jamás a hacer nada que no quisiera hacer. Esa lección la había aprendido rápido y bien. Era el tercer hijo. Su obstinación podía ser una molestia, pero no era un problema. De hecho, su padre, una vez pasado el conflicto a causa de Dimah, no había vuelto a insistir demasiado en lo del matrimonio. Pero cuando Adan se convirtió en el heredero de su tío, su madre se empeñó en ver a todos sus hijos casados, con herederos. Sin duda quería asegurarse la continuidad en el trono a toda costa. Como si fuera necesario... Por lo menos había cuatro Al Dhakir que podían heredar, y había más en camino, ya que Isabella estaba embarazada. Siempre había pensado casarse con una mujer de Jahfar, cuando estuviera listo. Pero primero había querido divertirse un poco.

«Tú no tienes sentimientos...».

Todavía podía ver la cara de Sydney, la palidez de su tez. Parecía agotada, vencida. La voz le temblaba mientras le acusaba de haberse casado con ella para evitar otro matrimonio de conveniencia. Él lo había negado, pero... Ella no estaba del todo equivocada. Él sabía lo que le esperaba en Jahfar al conocerla. Simplemente se había empeñado en posponer lo inevitable. Pero entonces ella había pasado a ser parte de su vida y había empezado a desearla de una forma hasta entonces desconocida, como nunca había deseado a nadie. Y durante un breve momento pensó... ¿Por qué no?

Él sabía lo que ella sentía... Pero jamás se le había

ocurrido pensar que pudiera estar aprovechándose de esos sentimientos. Era un príncipe rico, uno de los solteros más deseados del mundo... La mujer que escogiera para casarse debía sentirse muy afortunada. Debía ser todo un honor para ella haber sido elegida. Malik al Dhakir era un premio en sí mismo, el mejor partido.

Malik frunció el ceño. Había sido arrogante, pretencioso, soberbio... Ella le había amado en el pasado. Sabía que había sido así, aunque solo hubiera pronunciado las palabras durante la última noche que habían pasado juntos. Ella le amaba. Pero no lo suficiente. Si le hubiera querido lo suficiente, no hubiera huido de su lado. Agarró la *shisha* con más fuerza. Ya no quedaba nada entre ellos excepto pasión.

Ella ya no le quería, pero sí le deseaba...

Malik se puso en pie, les dio las gracias a los hombres y se dirigió hacia la tienda donde le esperaba su esposa.

Sydney estaba acostada en la enorme cama, debajo de un montón de pieles. Un rato antes una joven le había llevado algo de comer, pero llevaba casi todo el día sin ver a Malik. Apoyando la cabeza sobre una mano, Sydney miró hacia arriba, hacia la impenetrable oscuridad. Un quinqué pequeño brillaba a su lado, arrojando un resplandor purpúreo sobre la estancia.

De repente oyó un ruido en la habitación de al lado. Se incorporó de golpe, arrastrando las mantas consigo. Esperó. Una larga sombra apareció sobre la pared y entonces entró un hombre.

—¿Malik? —susurró.

—Estás despierta.

—Sí. Todo está tan silencioso aquí —le dijo, respirando con alivio.

Él empezó a quitarse la ropa. Sydney podía oír el sonido del roce de la tela contra su piel. Su espalda ancha y bronceada resplandecía bajo la luz.

–No... No sabía cuándo volverías. Me iré al sofá de la otra habitación.

Él se sentó en el borde de la cama y se quitó las botas.

–No.

–¿No? No voy a dormir contigo, Malik. Y no voy a acostarme contigo.

–Eso dices una y otra vez. Pero no te creo, Sydney.

Se puso en pie. Todavía llevaba unos pantalones flojos por debajo del *dishdasha*. Tenían la cintura baja y estaban atados a la cintura con un cordón. Los huesos de las caderas sobresalían por el borde. Su abdomen estaba más duro que nunca y su pecho parecía una escultura de puro músculo. Su cuerpo era perfecto. El corazón de Sydney empezó a latir sin ton ni son.

–No vas a obligarme.

Él apoyó las manos en las caderas.

–No, no lo haré. Pero tampoco tengo por qué, ¿no es cierto?

Antes de saber muy bien lo que estaba haciendo, la agarró del pie y la hizo escurrirse sobre las sábanas hasta quedar tumbada sobre la cama. Un segundo después estaba encima de ella, sin tocarla. Empezó a besarla en el cuello. Ella apoyó las manos sobre su pecho. Quería empujarle, apartarle, pero no podía. Un calor exquisito la derretía. Arqueó el cuello y se mordió el labio para no gemir.

–Me deseas –dijo él–. Te mueres por mí.

–No –dijo ella–. No...

–Entonces, dame un empujón, Sydney –le dijo él–. Por Dios, dame un empujón... O no respondo...

Capítulo 9

SYDNEY se quedó petrificada, como un animal que trataba de esconderse de un depredador enorme. Quería ser fuerte, quería apartarle de ella, pero no lo hizo. Le deseaba con una fiereza que ya no la sorprendía. Quería tenerle dentro, sentir su cuerpo poderoso moviéndose con precisión, llevándola al cielo y luego de vuelta a la realidad. Cerró los puños, los ojos... Cuánto daño le hacía desear así a ese príncipe del desierto, saber que nunca sería suyo del todo, aunque se entregara en cuerpo y alma en ese momento. Pensó que él la besaría, pensó que su incapacidad para moverse le haría acercarse y empezar aquello que deseaba desesperadamente.

Pero... En vez de eso, él se apartó de repente.

Sydney parpadeó y aguantó las lágrimas; lágrimas de frustración, de rabia, de tristeza... Ya no estaba segura de lo que sentía. Estar con Malik complicaba las cosas, la confundía.

–¿Por qué te fuiste, Sydney? –casi parecía atormentado–. Teníamos esto, pero te fuiste.

–Ya sabes por qué.

–No, no lo sé. Sé lo que me dijiste, que oíste mi conversación... Pero ¿por qué te fuiste por eso? ¿Por qué no te enfrentaste a mí?

–¿Enfrentarme a ti? –repitió ella, con la voz ahogada–. ¿Cómo iba a hacer eso? ¡Me humillaste!

–Y eso debería haberte hecho enfadar.

–¡Sí que me hizo enfadar!

Él rodó sobre sí mismo y la miró de frente.

–Entonces explícame por qué pensaste que marcharte resolvería el problema.

Sydney se incorporó. Una ola de vergüenza caía sobre ella. ¿Cómo iba a decírselo? ¿Cómo iba a explicarle que siempre había sabido que no era lo bastante buena para él? ¿Cómo iba a explicarle que sabía que era demasiado bueno para ser cierto? Solo era cuestión de tiempo que él dejara de quererla.

«¿Entonces por qué accediste a casarte con él?», dijo una vocecita desde un rincón de su cabeza.

–Estaba enfadada –dijo ella–. Herida. Tú no me querías y yo no me quería quedar y fingir que no lo sabía. Y entonces... Entonces... –no pudo terminar. No podía hablar de esa última noche que habían pasado juntos, cuando su franqueza había sido recibida con el más cruel de los silencios. Era demasiado humillante, incluso después de tanto tiempo.

–¿Cuándo te dije yo que no te quería?

Sydney pensó en ello un momento. Él nunca había dicho esas palabras exactas, pero estaba claro que eso era precisamente lo que pensaba al decir que su matrimonio había sido un error.

Sydney sacudió la cabeza. Él estaba tratando de confundirla, pero no iba a permitirlo. Tenía que aferrarse a su rabia, a su dolor.

–Le dijiste a tu hermano que habías cometido un error. ¿Qué querías que pensara?

Él le agarró la mano. Ella trató de apartarla, pero él no la dejó.

–Cometí un error, Sydney. Porque me casé contigo sin siquiera darte tiempo para comprender todo lo que conllevaba esta vida. ¿Sabías que mi madre te despreciaría? ¿Sabías que siempre serías una forastera en Jahfar? ¿Tenías alguna idea de lo que significaría ser mi esposa? No te di oportunidad para descubrir todas esas cosas.

A Sydney le dolía la cabeza, el corazón. Tenía un nudo áspero en la garganta.

–¿De verdad tratas de decirme que estabas pensando en mí cuando lo dijiste? Porque, si es así, ¿cómo es que no fuiste a buscarme? ¿Por qué no llamaste?

–Tú me dejaste, Sydney. Ninguna mujer lo había hecho antes.

Sydney no podía creer lo que estaba oyendo. Pero sabía que era verdad, porque Malik no la amaba. Su orgullo había resultado herido, pero no su corazón. No iba a ir detrás de ella solo por orgullo. Sydney se mordió el labio para no temblar.

«Maldito Malik...», exclamó para sí.

Sacudió la cabeza de nuevo.

–De todos modos, no tiene importancia. Haber hablado de ello entonces no cambia nada. Nunca hubiera funcionado, porque no estamos hechos el uno para el otro –tragó en seco–. Divorciarnos es lo correcto.

–A lo mejor –dijo él–. Pero las condiciones han cambiado.

A Sydney se le cayó el corazón a los pies.

–No lo entiendo.

Él se incorporó y la miró a la cara.

–Si quieres el divorcio, vivirás conmigo como mi esposa.

–¡Eso no es lo que hablamos en California!

–Estamos en el desierto. Las cosas cambian aquí. O nos adaptamos o morimos.

–Pero... pero... Esto es chantaje –le espetó ella, furiosa.

–Lo sé –dijo él con frialdad–. Pero es el precio que pongo yo. Si no estás de acuerdo, puedes irte cuando quieras. Seguiremos casados para siempre.

Sydney trató de calmarse un poco. Estaba blanca como la leche, y asustada.

–Eso te gustaría mucho, ¿verdad?

–No especialmente. Tendría que romper mis votos matrimoniales ya que me niego a pasar el resto de mi vida practicando la abstinencia.

Sydney resopló.

–Como si no lo hubieras hecho ya... –le dijo con desprecio.

Había leído los periódicos, le había visto en fotos con otras mujeres...

–Ah, sí –dijo él en un tono amenazante y cruel–. Una vez más, debo decir que me conoces muy bien. Eres toda una experta. A partir de ahora, cada vez que tenga dudas acerca de algo, te pediré consejo. Sin duda tú sabrás muy bien lo que tengo que hacer.

–¡Basta! –las palabras se desbordaron, amargas y llenas de resentimiento–. No me mientas, Malik. No me trates como si fuera idiota.

Él masculló un juramento en árabe.

–¿Y cómo me tratas tú? Como si no tuviera honor, como si mis palabras no significaran nada.

–¡Yo no he dicho eso!

Él siempre le daba la vuelta a las cosas. La hacía sentirse mal por lo que hubiera podido decir. Pero ella había visto todas esas publicaciones, fotos en las que sonreía y lo pasaba bien con esas mujeres. ¿Cómo iba a negarlo ante la evidencia?

–Sí lo has dicho –le dijo él, cada vez más colérico–. ¿Sabes lo que creo, *habibti*? Creo que no eres más que una niña consentida. Te niegas a hacerle frente a las cosas. Solo quieres salir huyendo cuando las cosas se ponen difíciles.

–Eso no es verdad –dijo Sydney, sintiendo un dolor agudo en el pecho.

Él estiró el brazo y le tocó la mejilla.

–Algún día tienes que crecer, Sydney. Tienes que enfrentarte a tus miedos.

El nudo que Sydney tenía en la garganta se hizo demasiado grande.

–Estás tratando de cambiar de tema. Se trataba de ti, de esas mujeres.

Él bajó la mano. El aire se había enfriado de repente.

–Sí, claro. Y ahora, por favor, dime con cuántas mujeres he estado. Creo que se me ha olvidado.

Su voz sonaba enérgica e iracunda, pero Sydney se negó a dejarse intimidar.

–Vi fotos. Sofia de Santis...

–Sofia es una belleza. Y también está comprometida... con una mujer.

Sydney aguantó la respiración. Una ola de humillación le subía por el cuello.

–¿Y la condesa Forbach? Salieron muchas fotos en las que aparecías con ella.

–Claro. Porque asistí a muchas de sus galas benéficas. Hice muchas donaciones. Además, debo decir que está felizmente casada con el conde.

–Parece que tienes respuesta para todo.

–Y tú siempre tienes algo que objetar.

–No puedes esperar que crea que todo lo que leí es una mentira.

–¿Por qué no? ¿Alguno de esos artículos fue publicado en un periódico de verdad? ¿O aparecían en esos tabloides sensacionalistas?

–¿Por qué haces esto? –le preguntó ella, abrumada

por la rabia y el miedo–. ¿Por qué no hacemos lo que hemos venido a hacer? Soportar estos cuarenta días y acabar con esto de una vez. ¿Por qué tienes que utilizarlo para atormentarme un poquito más?

Él agarró una de las almohadas que estaba junto a ella y le dio un puñetazo. Ella se encogió de miedo en la oscuridad. Él tiró la almohada sobre la cama, se tumbó y apoyó la cabeza en ella.

–¿Y qué bien nos ha hecho hasta ahora mantener esta situación? O vivimos como marido y mujer, o te vuelves a Los Ángeles sin tu anhelado divorcio.

–No hay mucho donde elegir.

Él bostezó.

–Pero es todo lo que hay.

Ella se quedó allí sentada, sin saber qué decir.

–Me voy a dormir al sofá –dijo finalmente.

Él la ignoró por completo. Dio media vuelta y se durmió enseguida.

Sydney arrastró los pies hasta el sofá y se tumbó en él, resignada. No quería irse de la cama, cálida y suave, ni tampoco quería dejar al hombre que estaba a su lado, pero tenía que mantenerse firme. Cuando se despertó a la mañana siguiente, estaba en la cama, acurrucada bajo las mantas. Malik se había ido.

De repente cayó en la cuenta de que él debía de haberla llevado en brazos hasta la cama. ¿Cómo era posible? Se levantó, fue a asearse en el pequeño cuarto de baño de la tienda y se puso un *abaya* blanco con unas sandalias. La misma chica que le había servido la cena la noche anterior le llevó el desayuno. Lo tomó delante de la televisión. En las noticias estaban hablando de una pareja de Hollywood y Sydney observó con interés el habitual desfile de imágenes familiares de la ciudad de Los Ángeles. No sentía añoranza, pero sí echaba de menos su apartamento, sus cosas... Se preguntó qué estarían haciendo sus padres. Se habían alegrado mucho cuando les había dicho que se iba a Jahfar con Malik. Tener de yerno a un príncipe millonario era un buen negocio. Y no tenía el valor para decirles la verdad.

Sabía que se llevarían una gran decepción cuando la vieran volver sola, pero jamás se lo dirían a la cara. De hecho, nunca habían dicho nada acerca de su matrimonio, ni una sola palabra. A menos que se tratara de una decisión de negocios, sus padres no decían nada. Su hermana Alicia siempre había sido su confidente más cercana, pero desde que tenía ese nuevo novio, apenas hablaba con ella, a no ser cuando estaba en el trabajo. Jeffrey siempre la necesitaba... O Jeffrey tenía otros planes... Alicia se despedía rápidamente y le colgaba sin más. Aunque trabajaban en el mismo edificio, ni siquiera se veían a la hora de comer porque su hermana siempre salía a comer con su novio. De repente Sydney sintió que debía llamar a su hermana, pero el móvil no le funcionaba en esa zona tan remota. Tendría que esperar a que Malik volviera para preguntarle si había alguna forma de hacer una llamada. Tenía que haberla, ya que él tenía una parabólica. Cuando se aburrió de ver tanta televisión, salió fuera. El calor era asfixiante. Se tapó mejor con la capucha y se dirigió hacia la laguna que estaba en el centro del oasis. Parecía que no había nadie, pero ella sabía que no era así. Las tiendas negras de los beduinos seguían en pie a un lado, y de vez en cuando veía cómo salían y entraban niños de las improvisadas viviendas. Sydney rodeó el extremo más lejano de la laguna. Tenía intención de rodearla completamente. El perímetro no era muy largo, pero así por lo menos hacía un poco de ejercicio. Bajo las palmeras había un grupo de camellos, atados a un poste, observándola mientras masticaban sin cesar. En algún momento, Sydney se dio cuenta de que se le hacía cada vez más difícil respirar. El aire que aspiraba le abrasaba los pulmones. Gotas de sudor le caían entre los pechos. Parecía que la garganta se le cerraba de tanto calor. No había humedad alguna. Finalmente, tropezó cerca de una palmera y se dejó caer al suelo. Se puso una mano sobre el vientre. Le empezaba a doler. La cabeza le daba vueltas.

Unos momentos más tarde, oyó un ruido y levantó la vista. La silueta de un jinete y su caballo se recortaba contra el sol. El caballo era oscuro y corpulento. Borlas de color rojo le colgaban del pecho y de las bridas. El jinete, vestido de negro de pies a cabeza, se bajó y fue hacia ella.

–Sydney –la palabra sonó como un golpe seco, desde detrás de la tela negra que le tapaba la cara.

Aquellos ojos...

–Hola, Malik –le dijo–. Estaba dando un paseo.

Malik masculló un juramento. La tomó en brazos y se dirigió hacia la tienda. Ella esperaba que la dejara en el sofá, que le diera un vaso de agua, pero, en vez de eso, él la llevó hacia el recinto del aseo. Una vez allí, abrió el grifo y la metió debajo, con ropa y todo.

Sydney contuvo el aliento al sentir el golpe de agua fría sobra la piel.

–¿Qué haces?

Él apartó la tela que le cubría la cara.

–El calor es peligroso. No deberías haber salido ahora.

–Por favor, Malik, ¡ni siquiera he estado fuera cinco minutos! ¡No me estoy muriendo!

–Estabas agotada –le dijo él, sujetándola con firmeza debajo del chorro frío. Se le estaba mojando la manga, pero no parecía dispuesto a soltarla.

–¡Solo fue un momento! Necesitaba sentarme un poco.

–¿Adónde creías que ibas? ¡Estamos en el desierto de Maktal! Podrías haber muerto, de calor, o por la picadura de un escorpión, o de una víbora.

Sydney se estremeció.

–Solo quería ir a algún sitio que no fuera esta tienda. Estaba aburrida, y tú no estabas aquí... –sus palabras se perdieron. De repente se dio cuenta de que sonaba totalmente ridícula.

–Una muy buena razón para poner en riesgo tu vida.

Sydney cerró los ojos. La furia y la frustración más profundas bullían en su interior. Tenía que hacer algo o explotar. Sin pensar en las posibles consecuencias, ahuecó la mano y le echó un poco de agua fría encima, en la cara. Una gota de agua se le quedó colgando del labio inferior.

Sydney empezó a sentir un peligroso cosquilleo por dentro. No. No quería desearle. Volvió a echarle más agua encima, mojándole el frente del *dishdasha*.

–¿Es así como quieres jugar? –le preguntó en un tono peligroso. Se quitó la capucha de la prenda y la empujó hasta meterla del todo debajo del chorro de agua, mojándole la cara por primera vez. Sydney contuvo la respiración y salió tosiendo. Furiosa...

Intentó agarrarle, le sujetó de la ropa... No esperaba poder moverle, pero echó todo el peso de su propio cuerpo atrás y logró hacerle caer dentro de la ducha. El agua le pegó la ropa al cuerpo y Sydney no pudo evitar echarse a reír al verle la cara.

–¿Qué te parece ahora?

Él parecía furioso, pero entonces se apartó el pelo de la cara y se echó a reír. El corazón de Sydney dio un vuelco.

–Muy bien –le dijo, mirándola de arriba abajo.

Sydney bajó la vista y tuvo que reprimir un grito. La ropa blanca que llevaba puesta se había vuelto transparente. No era como estar desnuda, pero se asemejaba bastante. El tejido se le pegaba a la piel, contorneándole los pechos, los pezones oscuros, la entrepierna... Volvió a levantar la vista y se encontró con la mirada ardiente de Malik. El crudo deseo que vio en sus ojos desencadenó un ansia profunda en su interior. Todo estaba ocurriendo tan rápido. La tensión entre ellos crecía por momentos.

–Malik... –dijo ella al tiempo que él eliminaba la distancia que quedaba entre ellos.

Le deseaba... Y no le deseaba. Le aterraba la idea de volver a hacer el amor con él, pero también la aterraba pensar que quizá jamás volvería a hacerlo.

No sabía lo que él iba a hacer, pero sí se dio cuenta de que la mano le temblaba...

Le temblaba... Mientras le acariciaba el pecho, un pezón... Hilos de placer atravesaron el cuerpo de Sydney. Llamaradas de pasión se propagaron por su vientre.

El agua no hacía nada para enfriar ese fuego que la consumía por dentro... Ese fuego tenía que agotarse por sí solo. Y eso solo podía ocurrir de una manera...

–Lo has hecho ahora, *habibti* –dijo Malik, sonriendo con picardía.

El corazón de Sydney se le salía del pecho.

–¿Hacer qué?

Él le agarró la mano, le dio un beso en la palma, la puso sobre su propio pecho, y empezó a deslizarla suavemente... hacia abajo...

Capítulo 10

LA TELA húmeda se le pegaba perfectamente al cuerpo, delineando cada músculo, cada vena... Pero a Sydney no le hacía falta mirar para saber que estaba muy excitado. La evidencia, poderosa, impresionante, le rozaba la palma de la mano. No podía apartar la vista de su rostro hermoso. Sus ojos brillaban, su mandíbula parecía de piedra, como si tuviera que soportar un gran tormento. El cuerpo de Sydney vibraba de deseo. Tocarle de esa manera... Tragó en seco. Sabía que solo tenía que bajar la mano para que él diera media vuelta y se marchara. Pero, en vez de eso, recorrió su miembro duro con las yemas de los dedos. Los latidos de su corazón le retumbaban en los oídos. Él tomó aliento. Sus ojos ardían más que nunca. De pronto la atrajo hacia sí; sus cuerpos húmedos pegados el uno al otro. Vaciló un instante y entonces bajó la cabeza y le dio un beso. Sydney entreabrió los labios, enredó su lengua con la de él y gimió. Él la agarró con más fuerza que nunca y la besó con toda la energía y la desesperación que se desbordaba en su interior. Empezó a mover las manos sobre su cuerpo, despojándola de la ropa. Ella quería reír, de alegría... Ese era Malik, su marido, el hombre al que amaba... Durante unos segundos de locura, pensó que debería haber dicho que no, que debería haberle hecho detenerse. Pero ya era demasiado tarde. Demasiado tarde.

Jugaría con fuego y trataría de sobrevivir. Mientras la ropa que llevaba caía como jirones a su alrededor, empezó a sentir un fresco intenso gracias a los ventiladores. La piel se le puso de gallina. Malik interrumpió el beso un momento y la miró de arriba abajo. Ella bajó la vista, avergonzada e insegura.

–Eres preciosa –le dijo él en un susurro. Entonces la tomó en brazos y se sentó en el escalón que rodeaba la ducha. Bajó la cabeza y tomó uno de sus pezones duros entre los labios. Empezó a succionar. Sydney contuvo el aliento. Podía sentir una tensión creciente en su sexo, que se hinchaba más y más, desatando un deseo inefable. Casi como si supiera lo que ella estaba pensando, él deslizó un dedo sobre ella, acarició sus rizos sedosos, trazó la curva de sus labios externos y entonces deslizó el dedo hacia el interior de su sexo húmedo. Ella gimió de placer.

–Ah, Sydney... He echado mucho de menos esto.

El corazón de Sydney se encogió al oír esas palabras. Una ola de placer la recorrió de arriba abajo.

«He echado mucho de menos esto. Te he echado mucho de menos...», pensó ella.

Pero el pensamiento se esfumó en cuanto él metió otro dedo más. Separó sus labios más íntimos con el pulgar. Sydney casi creyó que iba a morir de placer. Hacía tanto, tanto tiempo...

–Malik...

–Sí –dijo él–. Sí. No he olvidado ni un momento de lo que es hacerte el amor. Sé lo que necesitas, *habibti*. Sé lo que quieres.

Sus labios se cerraron sobre el otro pezón y ella echó atrás la cabeza. Él la lamía más y más, cada vez con más fuerza. Una descarga de placer la atravesó por dentro hasta llegar a su sexo, haciéndola gemir de placer.

Él repitió el movimiento una y otra vez, haciéndola enloquecer. Ella le deseaba tanto, con tanta fiereza... Pero él la haría esperar. De eso estaba segura. Malik era un amante experto. Estaba sincronizado con su cuerpo como si fuera el suyo propio. Sabía cómo hacerla temblar de placer, saltar, suplicar... Sabía cómo suscitar la respuesta más desenfrenada, hasta dejarla agotada. En esos momentos Sydney no podía hacer otra cosa que yacer en la cama, exhausta y satisfecha, sin fuerzas, pero radiante. Las cosas siempre habían sido así con él. Ella nunca había sido de las que perdían el control de esa manera, pero con él todo cambiaba. Cuando él estaba cerca, todo lo demás perdía interés y valor.

Esa idea la asustaba. Ese oscuro deseo, insensato y arrebatador. No debería haber estado allí en ese momento. No debería haber caído en sus redes tan fácilmente, otra vez. Pero no podía hacer nada para impedirlo. No quería hacer nada para impedirlo. Si iba a estrellarse y quemarse, ya no tenía remedio. Los dedos de Malik entraban y salían de su cuerpo mientras su pulgar le masajeaba el clítoris... Sydney creyó que se iba a romper en mil pedazos en cualquier momento. Pero era demasiado pronto. No quería caerse al vacío todavía. Había esperado tanto tiempo que quería prolongar el placer... Prolongar la tortura...

–Quiero verte –gritó ella.

De alguna manera, logró formar las palabras.

Él se incorporó y sus dedos dejaron de torturarla.

–Entonces desnúdame, *zawjati*.

Ella contempló sus ropajes tradicionales de Jahfar. La tela negra empapada...

–No sé cómo –le dijo, frunciendo el ceño.

–Yo te ayudaré.

Ella se bajó del escalón y él guio sus manos hasta el

cinturón que le sujetaba la túnica. Sydney solo tardó
unos segundos en abrírsela, descubriendo así su torso
húmedo mientras él se reía a carcajadas.

–Tan impaciente. Me gusta.

No podía dejar de tocarle. No podía dejar de deslizar
sus manos sobre los valles y las montañas de su cuerpo.
Las duras planicies de su cuerpo la hacían estremecerse
por dentro. Deseaba poner los labios sobre su piel y explorar todos esos rincones deliciosos. Malik era rico y
poderoso, pero era hijo del desierto. Era la clase de
hombre cuya fortaleza no era fingida, sino que nacía
de la hostilidad de la tierra. Aunque probablemente
mantuviera su físico en el gimnasio, no daba la aparien-
cia de ser uno de esos que se pasaban largas horas en la
cinta de correr, o levantando pesas enormes. Tenía el
aspecto de haber esculpido ese cuerpo de hierro trabajando a pleno sol. Sydney frunció el ceño al ver los pantalones y botas de montar que llevaba puestos. Las botas no saldrían tan fácilmente, y ella no quería esperar.
Le desabrochó los pantalones y se los bajó hasta la ca-
dera. Y entonces, como no podía contenerse más, apretó
sus labios hambrientos contra su duro pezón de hombre
mientras buscaba su erección con la mano y empezaba
a apretarle. Malik contuvo el aliento y le agarró la cabeza.

–Esto no va a durar si sigues haciendo eso.

Ella sonrió contra su piel. Le encantaba saber que podía hacerle bailar al borde del precipicio, saber que
podía hacerle perder el control en cualquier momento.
El agua de la ducha ya no caía sobre ellos. No sabía
cuándo él había cerrado el grifo, pero era mejor así. Quería probar su sabor en toda su plenitud, la dulce miel de
su piel; esa combinación de hombre y jabón que tanto
anhelaba. Deslizó la lengua entre sus pectorales, por su

tenso abdomen y entonces tomó su erección en la boca. Malik se puso tenso de inmediato. Ella levantó la vista. Él tenía la cabeza hacia atrás. Los músculos de su cuello estaban tensos como cuerdas, como si intentara recuperar el control. De repente la agarró de la nuca, del cabello húmedo.

Ella movió la lengua alrededor de la punta de su miembro erecto, dándole forma con la mano. Él era suave y duro al mismo tiempo. Quería llevarle al éxtasis de esa forma, pero no iba a dejarla. La apartó de inmediato, puso las manos en sus caderas y la levantó hasta el escalón de nuevo. Ella se aferró a él, buscó sus labios y se fundió con ellos; sus lenguas entrelazadas y calientes. Y entonces le sintió... Sintió la punta caliente de su pene mientras entraba dentro de ella poco a poco. Levantó las caderas para facilitarle la entrada; estaba impaciente, necesitada... Una gula sexual desconocida se había apoderado de ella. Malik la sujetaba con fuerza. Las yemas de sus dedos se le clavaban en las caderas. Ella sabía que hacía un gran esfuerzo aferrándose a su autocontrol. Siempre había sido tan comedido, tan dueño de sí mismo... Pero no en ese momento. Ella agradecía mucho la fiereza de su pasión, la deseaba con desesperación. Estaba deseando que la tormenta se desatara.

Sydney puso los brazos a su alrededor y se arqueó hacia él. Quería beberlo todo de él; lo quería todo de él. En ese momento. Pero Malik seguía teniendo el control. Se inclinó adelante y empujó con todas sus fuerzas hasta entrar hasta lo más profundo de su sexo. Ambos gimieron.

Entonces rompió el beso, apretó los labios contra su mandíbula, contra su cuello... Ella se aferraba a él como si estuvieran en mitad de un mar embravecido. Él no se movió, pero ella podía sentir su poderoso miembro, pulsando en su interior. La sensación era exquisita. Recordó por qué había estado siempre tan indefensa ante él, por qué le había seguido por medio mundo, por qué le había creído hasta el punto de casarse con él, aunque una parte de ella conociera la verdad... No era una mujer débil... No era especialmente sensual, excepto cuando estaba con Malik. Fuera lo que fuera lo que él quisiera, se lo daría. Deslizó las manos sobre sus hombros, por su espalda... trató de acercarle más y más, arqueando la espalda y meneando las caderas hacia él. Él respiró hondo, bruscamente.

–Sydney... –su voz sonó rota, al borde del precipicio.

Así era como le quería.

–Ahora, Malik –le dijo con urgencia–. Ahora.

La agarró de las caderas y se echó atrás, tan lejos que Sydney llegó a pensar que iba a dejarla insatisfecha... Y entonces volvió a empujar hacia delante, uniéndose a ella una vez más. Sydney quería reír de alegría, pero el aliento se le heló de repente... No pudo llenar de aire los pulmones... Una ola de placer la inundaba por dentro... Él volvió a empujar de nuevo, una y otra vez... Y Sydney sintió que su cuerpo se consumía por dentro, sacudido por los temblores del orgasmo más fuerte... Muy pronto quedó atrapada... su cuerpo se plegó sobre sí mismo y explotó en un millón de pedazos de cristal. Sabía que había gritado su nombre, sabía que él sentía una especie de triunfo masculino. Él la poseía, en cuerpo y alma... y lo sabía. Ella quería maldecirle por ello, pero no podía. Quería más, más Malik, más placer... Sabía, sin necesidad de preguntar, sin palabras, que él había recobrado su fuerza. De alguna manera su rendición le había permitido recuperar el control. Un control tan exquisito...

–¿Te encuentras bien? –le preguntó él.

Sydney sacudió la cabeza, escondió el rostro contra su cuello. El pulso le latía violentamente... Las piezas de su cuerpo se recompusieron, se transformaron en algo que no era capaz de reconocer; o más bien algo que sí podía reconocer, algo que temía... Una mujer necesitada...

Malik le echó atrás la barbilla con la punta del dedo. Buscó su mirada... Sydney vio auténtica preocupación en sus ojos. El corazón le dio un vuelco.

–¿Te he hecho daño? –le preguntó con ternura.

–No –dijo ella–. No.

Había distintos tipos de dolor. Pero ella sabía que él hablaba de dolor físico, y eso definitivamente no era un problema. El dolor emocional era otra historia completamente diferente.

–Bien –le dijo él–. Porque te necesito, Sydney. Te necesito.

Y entonces empezó a besarla de nuevo. Le sujetaba las caderas y empujaba; sus cuerpos se fundían en uno solo. Sus empujones eran profundos, expertos, intensos...

Ella se rindió a él; se entregó al ritmo, a la belleza del momento. Enroscó las piernas alrededor de él y arqueó el cuerpo para apretarse contra su pecho desnudo. Él movió su boca sobre ella, susurrando suaves palabras en árabe, y entonces se inclinó adelante y tomó su pezón en la boca, tirando con fuerza de manera que un haz de placer llegó hasta su sexo. Estaba ardiendo por él; su cuerpo estaba listo y preparado para otro orgasmo arrollador. Se sentía como si se estuviera hinchando con algo maravilloso, como si fuera a romperse en cualquier momento. Las embestidas de Malik se hicieron cada vez más intensas. Cada vez la sujetaba con más fuerza. Y entonces deslizó la mano entre ellos, buscó su punto más sensible, la arrojó al vacío. Ella se hizo añicos en una fracción de segundo, se zambulló y afloró a la superficie, pronunciando su nombre. Pero no terminó allí. Ella se aferraba a él, temblaba, las piernas enroscadas alrededor de sus caderas.

Las embestidas de Malik fueron cada vez más lentas, más deliberadas. Y ella supo que su capacidad de resistencia se estaba agotando, que le estaba dando los últimos momentos de placer antes de sucumbir a su propio orgasmo.

—Malik —dijo ella, pero las palabras le salieron como un sollozo.

—De nuevo, Sydney. Quiero ver cómo llegas de nuevo.

Ella apretó los párpados y trató de no centrarse en las sensaciones que empezaban a crecer en su interior... Porque iba a perder el sentido si le dejaba llevársela otra vez.

—No puedo —dijo ella.

—Sabes que sí —le dijo él con firmeza.

La levantó en el aire, le puso las manos sobre el trasero y la llevó al dormitorio. Sus cuerpos seguían unidos. Su mirada, intensa, no se apartaba de ella. Se preguntó cómo lo hacía, cómo lograba controlar sus emociones. Pero entonces decidió ahuyentar ese pensamiento, porque no quería llegar ahí. No quería considerar la posibilidad de que a lo mejor no significaba nada para él. Porque solo era sexo. Él apoyó una rodilla sobre la cama, la hizo tumbarse sobre el colchón. Y entonces salió de ella, se deslizó sobre su cuerpo. Antes de que ella pudiera protestar, metió los dedos en su sexo, la abrió por dentro. Tocó su piel caliente con la lengua, cerró los labios alrededor de su clítoris. Empezó a succionar con fuerza el área sensible. Deslizó la lengua sobre ella. Sus dientes la mordisqueaban.

El clímax la hizo soltar el aire de golpe. Sydney dijo su nombre en un sollozo, le rogó que parara. Pero no porque le hiciera daño, y no porque no le gustara. Simplemente era demasiado intenso, demasiado arrollador. Jamás se libraría de él de esa manera. Jamás sería capaz de querer a otro hombre si era ese el último recuerdo que se llevaba.

—Otra vez —dijo él, llevándola a la cumbre una vez más.

Cuando ella llegó de nuevo, él subió por su cuerpo y besó su piel sensible. Todavía llevaba las botas de montar. Sus pantalones negros estaban abiertos en la cintura y le colgaban de las caderas. Sydney no hacía más que mirar. Él era una fantasía erótica, un amante del desierto que la había secuestrado. Estaba temblando, muriéndose de deseo.

—¿Me deseas, Sydney?

—Ya sabes que sí.

—¿No ha sido suficiente para ti?

Ella sacudió la cabeza sobre las almohadas. Sabía que debía de parecer una loca. Tenía el pelo húmedo y pegado a la cabeza, la piel enrojecida... Pero le daba igual. Le necesitaba en su interior. Le necesitaba para respirar.

Él la agarró con fuerza y la hizo darse la vuelta. Acarició su sexo unos segundos, avivando así el fuego y entonces la penetró de nuevo. Sydney se echó hacia atrás, el pelo le cayó sobre la espalda. Malik enroscó un brazo alrededor de su cintura y la sujetó mientras la embestía una y otra vez desde detrás. Con la otra mano empezó a acariciar su sexo desde delante.

Era primitivo, rudo... Pero a Sydney le encantaba.

Volvió a alcanzar el orgasmo de repente; una llamarada arrolladora que la hizo desplomarse contra él mientras él seguía sujetándola con fuerza y empujando... Esa vez él fue tras ella; su cuerpo se tensó mientras susurraba su nombre. Perdió el control, sus músculos se contrajeron, temblaron... Ella era la causante. Se sentía poderosa, necesitada. Malik deslizó los dedos a lo largo de su espina dorsal, su tacto era delicado, casi reverente. Se desplomó boca arriba y ella se volvió para mirarle de frente. Él le apartó un mechón de pelo de la cara y entonces la agarró de la nuca.

–Me has destruido –le dijo, dándole un beso en la boca.

Sydney, en realidad, pensaba todo lo contrario. Era él quien la había destruido a ella. No importaba lo que hubiera ocurrido entre ellos, cuántos días hubieran pasado juntos. Hicieran o no el amor, sentía algo extraordinario por ese hombre, algo que no se disolvería así como así. El tiempo y la distancia no habían servido de nada, por mucho que intentara convencerse de lo contrario. De repente sintió el picor de las lágrimas en los ojos. Una tarde en sus brazos había sido suficiente para ver la verdad... Era imposible tapar el sol con un dedo.

Capítulo 11

CUANDO Malik se despertó, la tienda estaba a oscuras. Movió un pie, agradecido de haber podido librarse de las botas en algún momento por lo menos. A su lado, Sydney estaba hecha un ovillo. Él se apoyó en un codo, sonrió y apartó la cortina de pelo que le cubría la cara. Siempre le había encantado verla dormir. Se estiró y se levantó de la cama, desnudo. Buscó la comida que habían dejado sobre la mesa. En el desierto hacía frío por la noche, pero él todavía tenía demasiado calor como para cubrirse con algo. Encontró pan y aceitunas, un poco de queso... No necesitaba mucho, pero tenía que llenarse el estómago con algo. Sydney no se movía. Y no era de extrañar. Era un misterio que él pudiera hacerlo. Su cuerpo estaba saciado, contento... Pero su mente no. Malik se frotó los ojos con la palma de la mano... La tarde había sido larga, una combinación de momentos de sueño y desenfreno. Sydney prendía un fuego en su interior que ninguna otra mujer había logrado encender. Era adicto a la descarga de energía que sentía cuando estaba dentro de ella.

–¿Malik?

–Aquí estoy. ¿Quieres algo de comer?

Sydney se incorporó y bostezó.

–No, gracias. ¿Qué hora es?

Malik se encogió de hombros.

–No lo sé. No lo he comprobado. Probablemente es más pronto de lo que pensamos.

–¿Y qué esperabas? Hemos dormido casi todo el día.

–¿Fue eso lo que hicimos? –le preguntó él, regresando a la cama.

Ella se rio.

–A veces.

–¿Cómo te sientes?

–Cansada –dijo ella, estirando los brazos con un movimiento sensual–. Adolorida.

Malik esperaba oírla decir la palabra «feliz», pero tampoco quiso darle demasiada importancia.

–A lo mejor debimos tomárnoslo con más tranquilidad.

–No sé si eso era posible.

–No obstante, casi sucumbes al golpe de calor. Debería haber tenido más cuidado.

Ella sacudió la cabeza.

–Pero aquí estoy, viva e intacta, aunque me hayas tratado tan mal.

Él trató de no reírse, pero no pudo.

–Me gustaría tratarte tan mal más a menudo.

Ella suspiró con tristeza.

–Fue precioso, Malik. Maravilloso y extraordinario, como siempre. Pero ¿cómo resuelve eso la situación?

Sus palabras se le clavaron en la piel. No tenía ni idea de lo que iba a pasar después, pero tampoco quería pensar en ello en ese momento. Habían pasado un día increíble. Habían llegado a descubrir sus propios cuerpos de nuevo, experimentando emociones que les hacían arder por dentro. Cuando estaba dentro de ella, no solo se trataba de sexo, pero tampoco sabía cómo llamarlo, cómo expresar lo que sentía.. Sabía que ella estaba decidida a seguir adelante con lo del divorcio, decidida a romper con todo, pero no podía pensar ni una sola razón con la que demostrarle que se equivocaba.

—Me ayuda a calmarme —le dijo en un tono ligero, porque no estaba preparado para llevar la conversación a un terreno más serio.

Ella soltó el aliento.

—¿Te hace sentir algo más? —le preguntó ella con un hilo de voz.

Él la atrajo hacia sí en ese momento, se estiró encima de ella, buscó la suave piel de su cuello con la boca.

—Ya sabes que sí, Sydney.

Deslizó los dedos sobre sus hombros. Un suave gemido escapó de los labios de Sydney mientras él le lamía el cuello.

—No lo sé. No tengo ni idea de lo que sientes. Lo único que sé es que hay una química increíble entre nosotros. Pero eso no basta, ¿verdad?

—Es un comienzo —Malik no quería hablar de sentimientos, no en ese momento—. ¿Por qué vamos a cuestionar la buena fortuna que hemos tenido?

Le tocó los pechos, le pellizcó un pezón.

—Malik —dijo ella, conteniendo el aliento—. Esto es serio.

—Lo sé. Muy serio —tomó sus labios, entró en su boca con la lengua.

Ella le besó ardientemente, enredando las manos en su pelo mientras arqueaba el cuerpo. Malik ya se estaba excitando de nuevo y ella no tardó en darse cuenta. Soltando un gemido de placer, subió las caderas y se frotó contra él.

—Provocadora —le dijo él, mordiéndole un pezón de repente.

—Oh... No puedo pensar cuando haces eso.

—Entonces no pienses. Siente.

–Pero, Malik... –dijo ella, casi suspirando–. Quiero hablar contigo. Quiero conocerte. Quiero algo más que esto.

Él levantó una mano. La exasperación crecía y crecía en su interior. Frustración... Y una sensación de pánico que le era totalmente desconocida.

–Me muero por ti, Sydney. Llevo un año muriéndome por ti. ¿No es eso suficiente para ti?

Ella tardó unos minutos en contestar.

–No –le dijo–. No es suficiente.

Malik se apartó de ella con un gruñido. Se tapó la cara con el brazo, se cubrió los ojos. Su cuerpo vibraba de deseo, pero eso no era nada en comparación con el pálpito desbocado de su corazón.

–Ya hemos pasado por esto –dijo ella–. Y mira adónde hemos llegado.

Malik se incorporó y empezó a buscar los pantalones.

–Por si no te acuerdas, *habibti*, saliste huyendo –sabía que estaba siendo un poco duro, pero tenía que serlo. No podía sucumbir a los sentimientos que flotaban en el aire. No estaba listo para ello. Nunca lo estaría.

–Sí que huí. Y a lo mejor me equivoqué, pero parte de la culpa también es tuya.

–Sí. Lo sé –encontró sus pantalones, metió una pierna, después la otra y se los abrochó bruscamente.

–¿Eso es todo? –le preguntó ella–. ¿Te vas? ¿Prefieres practicar el sexo o marcharte sin más antes que hablar conmigo?

–Ahora mismo, sí.

Ella se arrodilló sobre la cama, puso las manos sobre las caderas... Él levantó la vista hacia su rostro, para no mirar hacia otras partes de su cuerpo que le hacían perder la razón.

–Eres increíble. Lo sabes, ¿verdad? Dices que yo salí huyendo, pero... ¿qué me dices de ti? No soportas hablar de tus sentimientos.

Él se quedó inmóvil, de pie, apretando los puños a ambos lados del cuerpo, intentando calmarse. Recordó aquellos días de la infancia, cuando deseaba desesperadamente que alguien le dijera que le quería. Su padre era demasiado orgulloso. Se preocupaba por sus hijos, pero no era dado a demostraciones de cariño. Y su madre... Malik frunció el ceño. Su madre jamás había tenido instinto maternal. Los hijos eran un deber para ella.

«Te quiero...».

Había oído esas palabras muchas veces, pero siempre venían de mujeres en las que no confiaba; mujeres que querían cazarle, sacarle todo lo que pudieran...

Pero ¿quién era él en realidad? ¿Qué clase de premio podía ser para ellas?

Malik apretó los dientes, furioso consigo mismo.

–Nuestra relación no se vino abajo de la noche a la mañana. Y no creo que se pueda arreglar de la noche a la mañana tampoco.

–¿Relación? ¿Es así como le llamas? Yo pensaba que solo era sexo.

–¿Qué quieres de mí, Sydney? Llevamos un año separados. ¿Esperas una declaración de amor eterno?

–No –gritó ella rápidamente–. No es eso lo que quiero. No es lo que espero.

Pero Malik sabía que mentía. Lo llevaba escrito en la cara. Él no podía ser como ella, en cambio, por mucho que quisiera. Estaba demasiado acostumbrado a protegerse a sí mismo, a negarse todo aquello que no le convenía.

–No estoy seguro de poder ser lo que tú esperas. Solo puedo ser lo que soy.

–¿Y cómo sabes lo que puedes hacer y lo que no, si ni siquiera quieres hablar de ello?

A la mañana siguiente, Malik le dijo que se marchaban. Sydney levantó la vista de la bandeja que Adara acababa de dejarles... El corazón se le cayó a los pies.

–Pero si acabamos de llegar. Pensaba que tenías negocios.

El rostro de Malik se quedó en blanco.

–He hecho lo que necesitaba hacer. Nos vamos a la ciudad de Al Na'ir. Estarás más cómoda allí.

–Cuando dices que has hecho lo que necesitabas hacer, ¿te refieres a que me has metido en tu cama de nuevo? –no había sido el comentario más acertado, pero no había podido resistirse.

Malik apretó la mandíbula. Su rostro parecía de piedra.

–Porque fue muy difícil, ¿no?... No, Sydney. No es eso lo que quería decir.

Ella levantó la barbilla. Él tenía razón. No había sido difícil ni en ese momento, ni tampoco un año antes cuando le había conocido.

–Estate lista dentro de una hora –le dijo él.

Sydney pensó que iba a decir algo más, pero entonces dio media vuelta y salió. La joven apretó el puño y le dio un puñetazo a uno de los cojines que estaban sobre el sofá. No tenía a nadie a quien culpar, excepto a sí misma. Desde el principio había sabido muy bien cómo sería estar con Malik y se había dejado llevar por el hedonismo sin reparar en las consecuencias. El día anterior, mientras hacían el amor sin cesar, se había dado cuenta de que nada había cambiado para ella. Seguía enamorada de él. Le había obligado a hablar, pero tampoco había sido justo por su parte. No hacía más que unos días desde que él le había contado lo de Dimah, lo de su familia... Sydney se mordió el labio. No sabía en qué punto se encontraban las cosas entre ellos. Que hubieran practicado sexo en varias ocasiones no significaba que todo fuera maravilloso. No significaba que pudieran dejar Jahfar y olvidarse del divorcio. Además, ella tampoco quería. Lo había dejado todo para casarse con él, y después había renunciado a su propia autoestima, siempre esperando a que él le dijera «te quiero», a que le diera una explicación por lo que le había oído decir por teléfono. No volvería a ser tan débil. Querer a alguien no era garantía de poder tener una relación con esa persona, sobre todo si esa persona no era capaz de comprometerse al mismo nivel.

Sydney recogió sus cosas y las metió en la pequeña maleta que había llevado consigo. No fue difícil, ya que solo había llevado unas pocas cosas. En menos de una hora estaban en el todoterreno, saliendo del oasis. Sydney se volvió para ver por última vez aquel paraíso con palmeras y una laguna de agua cristalina. Había un niño detrás de una de las palmeras, abrazado al tronco, viéndoles marchar.

Sin saber por qué, sintió lágrimas en los ojos. No era que fuera a echar mucho de menos el oasis, pero ese pequeño representaba una inocencia que sabía no volvería a tener jamás. Las vicisitudes de la vida se la habían arrebatado y le resultaba imposible no añorar la ternura de aquellos años en un momento como ese, cuando se le rompía el corazón. Sydney parpadeó varias veces y volvió la vista al frente, hacia el interminable camino de arena que se desplegaba ante sus ojos. El desierto era cegador, pero las ventanillas eran de cristal tintado y ayudaban un poco a matar el resplandor. Ondas de calor hacían temblar la lejanía. Malik había encendido el aire acondicionado, pero estaba tan bajo que apenas enfriaba. No podían arriesgarse a tener una avería en mitad de la nada.

–¿Cuánto tiempo nos llevará? –le preguntó.

Malik se encogió de hombros.

–Unas dos horas.

Se sumieron en un profundo silencio. Sydney se limitó a mirar por la ventanilla. Los ojos le pesaban. No había dormido suficiente la noche anterior. Había tratado de mantenerlos bien abiertos, pero al final se había rendido.

Se despertó de golpe un rato más tarde... Algo iba mal. Parpadeó, se incorporó. Y entonces se dio cuenta... El coche no se movía. Malik no estaba dentro.

Aterrorizada, agarró la manivela de la puerta rápidamente. El vehículo estaba un poco inclinado, de forma que la puerta se abrió bruscamente en cuanto el mecanismo la accionó. Sydney salió con tanto ímpetu que resbaló sobre la arena.

–Cuidado –le dijo Malik.

Su corazón palpitante se calmó un poco. No la había abandonado. Cerró los ojos, aliviada. No estaba sola.

–¿Por qué hemos parado? –le preguntó, bajando del vehículo y yendo hacia él.

El todoterreno estaba detenido a la sombra de una duna gigantesca. Ella levantó la vista. El sol seguía en lo más alto, pero ya había pasado el cénit. Debían de ser poco más de las doce de la mañana. Volvió a mirar a Malik, presa de una mezcla de miedo y expectación. Malik se recostó contra el costado del coche. Llevaba la cabeza cubierta y sus ojos oscuros resplandecían con un fuego propio.

Aquello no podía ser bueno...

–No hemos parado a propósito, *habibti*. Hemos tenido una avería.

Capítulo 12

LAS HORAS pasaban con lentitud en el desierto. Sydney levantó la vista hacia el horizonte por enésima vez, preguntándose dónde estaría el equipo de rescate. Malik le había dicho que no había nada de qué preocuparse porque tenía un teléfono con satélite y un transmisor GPS. No estaban perdidos.

Pero sí estaban solos, y probablemente lo seguirían estando durante unas cuantas horas. Había habido una tormenta de arena hacia el norte, que les impedía acceder a la ciudad de Al Na'ir. Un manguito se había roto, y no tenían recambio. Malik parecía tranquilo, pero seguramente no lo había estado tanto nada más ocurrir el incidente. Y sin embargo, la había dejado seguir durmiendo... Sydney se apoyó en una silla y empezó a dibujar círculos sobre la arena con la punta del pie. Hacía mucho calor, pero ya empezaba a descender la temperatura a medida que el sol se ponía. La sombra de la duna era larga, y estaban dentro de ella.

—Bebe un poco de agua —le dijo Malik, dándole una botella proveniente de la nevera que estaba en la parte de atrás. No estaba muy fría, pero se había enfriado en el oasis y después la habían metido en un contenedor helado. Sydney bebió un buen sorbo.

—¿Vendrán pronto? —le preguntó ella, secándose la boca.

Malik miró hacia el horizonte y entonces se volvió hacia ella.

–La verdad es que no lo sé. A lo mejor no llegan hasta mañana por la mañana.

–¿Mañana? –Sydney trató de no temblar ante la idea. Una noche en el desierto. En un todoterreno. Aquella no era precisamente su idea de unas vacaciones divertidas.

Malik se encogió de hombros.

–No pasa nada. Siempre y cuando la tormenta no se dirija hacia el sur.

–¿Y si es así?

Él la miró fijamente.

–Eso sería muy malo, *habibti*. Esperemos que no.

Pasaron unos minutos de silencio.

–¿Malik?

Él se volvió hacia ella. Era un guerrero del desierto, alto, imponente, dueño de sí mismo en las circunstancias más adversas.

–¿Sí?

–¿Pasaste mucho tiempo en el desierto cuando eras niño?

–Mi padre pensaba que todos sus hijos debían entender y temer al desierto –le dijo, asintiendo–. Solíamos venir mucho, y cuando llegamos a una cierta edad, pasamos por una prueba de supervivencia.

A Sydney no le gustó cómo sonaba aquello.

–¿Una prueba?

Malik bebió un poco de agua.

–Sí. Nos dejaron en un sitio remoto con un kit de supervivencia, una brújula, un camello, y nos dijeron que buscáramos el camino hacia un punto determinado. Todos los hicimos.

–¿Y si hubierais fallado?

–Ninguno falló. Y, si hubiera sido así, imagino que

nuestro padre hubiera mandado a alguien a rescatarnos antes de que muriéramos de sed.

Sydney tragó en seco. No podía ni imaginarse algo así. ¿Cómo podía alguien enviar a sus propios hijos al peligro?

—No entiendo tu vida en absoluto —le era tan extraña, un mundo totalmente distinto.

—Y yo no entiendo el tuyo —le dijo él.

Ella respiró hondo.

—Entonces dime qué quieres saber de mí. Soy un libro abierto, Malik.

Él le lanzó una mirada aguda, pensativa.

—Quiero saber por qué no confías en ti, Sydney.

El estómago de Sydney dio un vuelco.

—No sé qué quieres decir. Eso es ridículo.

—Sí que lo sabes. Trabajas para tus padres, haces un trabajo que no soportas, y crees que no mereces nada mejor. Te han enseñado que no eres merecedora de nada mejor.

—Yo no detesto mi trabajo. Y mis padres solo quieren lo mejor para mí. Eso es todo lo que siempre han querido.

—Sí que lo detestas —le dijo él con firmeza—. Eres buena en ello, pero no es eso lo que quieres.

—¿Y cómo sabes qué es lo que quiero? —le preguntó ella. Los ojos le ardían.

—Lo sé porque me fijo. No echas de menos tu trabajo cuando estás lejos. Prefieres jugar con tus diseños en el ordenador.

Sydney tenía el pulso acelerado.

—¿Y eso cómo lo sabes? Yo nunca te lo he dicho.

—Sé más de lo que tú te crees, Sydney.

La joven solo podía mirarle, perpleja. Y entonces se dio cuenta...

–Me has estado vigilando –le dijo. La garganta se le había cerrado de repente.

–Me has espiado.

Los ojos de Malik brillaron.

–Sí que te he espiado. Pero lo he hecho por tu propia seguridad. Eres mi esposa. No te van a dejar en paz porque me hayas dejado.

Sydney apenas podía creer lo que estaba oyendo. Y sin embargo, de repente, todo tenía sentido. Siempre se había preguntado por qué no la molestaban... Por qué los paparazzi la dejaban tranquila... Era la esposa de un playboy de primera... Pero nadie se había dedicado a perseguirla para hacerle fotos y pedirle declaraciones...

Debería haberse dado cuenta... Una ola de rabia creció en su interior.

–Hiciste que me vigilaran, pero no fuiste capaz de llamarme tú mismo.

–Ya te lo he dicho.

–Ya. Me doy cuenta –masculló ella, iracunda–. Es que me parece increíble, incluso para alguien como tú. Como si agarrar el teléfono y llamarme fuera algo extraordinario, imposible.

–Ya hemos hablado de esto. La respuesta sigue siendo la misma desde la última vez.

Sydney se cruzó de brazos y miró hacia el desierto rojo y baldío... Había perdido tanto tiempo... Y todo por orgullo...

«Ambos habéis perdido el tiempo...», dijo una vocecilla desde un rincón de su mente.

–No me molestaron gracias a ti, ¿verdad? Me refiero a los paparazzi...

–Sí.

Sydney recordó a los periodistas de Los Ángeles... Recordó cómo acosaban a las celebridades...

–¿Cómo?

–El dinero es un incentivo muy efectivo, Sydney... Y el poder... Nunca olvides el poder.

Ella bajó la vista y contempló los círculos que sus propios pies dibujaban sobre la arena. La emoción amenazaba con ahogarla, pero no podía dejar que eso ocurriera. Él lo había hecho porque quería, no por ella. No podía ver más allá donde no había nada.

–Bueno, muy bien, entonces –respiró hondo un par de veces–. Pero ¿qué te hace pensar que no confío en mí misma? Tengo que vérmelas con clientes tan ricos como tú todos los días. Y he vendido muchas propiedades. No puedes hacer eso sin confiar un poco en ti misma.

–Háblame de tu familia.

Ella le miró de reojo durante unos segundos.

–¿Por qué? ¿Qué tiene eso que ver con esta discusión?

–Compláceme.

Ella cruzó las manos sobre su regazo. Sus emociones estaban a flor de piel.

–¿Qué hay que decir que no sepas ya? Mis padres viven para el negocio de la inmobiliaria y lo han convertido en una de las empresas más prósperas de Los Ángeles. Mi hermana es increíblemente lista. Un día llegará a estar al frente del negocio y lo llevará a lo más alto.

–¿Y tú?

Sydney se lamió el labio inferior.

–Yo la ayudaré.

–Ayudarla –dijo Malik. No era una pregunta, sino una afirmación–. ¿Por qué no llevas tú el negocio? ¿Por qué no eres su socia?

Sydney giró el cuello. Empezaba a sentirse como si estuviera en un interrogatorio. Y no lo estaba disfrutando, por mucho que le hubiera dicho que era un libro abierto. Al parecer no era tan abierta como afirmaba ser.

–Seré su socia. Eso es lo que quería decir.

–Pero no es lo que has dicho.

–¿Y qué es lo que quieres decir tú? –arqueó una ceja e hizo todo lo posible por mantener la autoestima.

–Quiero decir que no puedes imaginarte a ti misma al frente del negocio. Crees que tu hermana es mejor empresaria que tú.

–Es que es cierto –dijo Sydney–. No me avergüenzo de admitirlo.

A veces le dolía pensar que no era ella en quien confiaban sus padres, pero así eran las cosas.

–Una vez me dijiste que querías estudiar Diseño Gráfico y Arte.

–¿Sí?

–En París. Poco después de casarnos. Fuimos a cenar a un pequeño café al lado del Sena, y me dijiste que siempre habías querido diseñar cosas. Páginas web, logos, publicidad...

Sydney lo recordó de repente; recordó aquella noche... Loca de amor, había bebido más vino de la cuenta. Entonces parecía que tenía toda la vida por delante, un camino interminable en el que todo iba a ser perfecto porque se había casado con su Príncipe Azul. Se había sentido muy nerviosa y había querido impresionarle, porque había empezado a darse cuenta de lo que significaba haberse casado con él. Él no solo era un hombre con un título de nobleza. Era un príncipe en todos los sentidos de la palabra. La hacía sentir insignificante, aunque no dijera nada para hacerla sentir así. Era su presencia, su porte. Se había dado cuenta de que todo aquello le quedaba muy grande; había comprendido que él no tardaría en cansarse de ella en cuanto la magia se perdiera.

–No hay nada malo en ello. El diseño gráfico es un negocio legítimo.

Él resopló.

–Es tu padre el que habla, tratando de moldearte y convertirte en algo que él pudiera entender, algo merecedor de su aprobación –bajó la voz–. Pero no es eso lo que tú quieres en realidad, Sydney.

El corazón de Sydney latía con locura, casi como si se le fuera a salir del pecho. Gotas de sudor le cubrían la piel, y no era por el calor. Tenía las palmas de las manos empapadas. Se las secó sobre la falda del *abaya*.

–Sinceramente no sé de qué estás hablando.

Él la agarró de los hombros de repente y se inclinó sobre ella hasta quedar a un centímetro de distancia.

–He estado en tu apartamento. He visto tus cuadros en las paredes. Y te observé cuando estábamos en el Louvre, en el Jeu de Paume, en el Orangerie. Adoras el arte, Sydney. El arte mágico y hermoso. Eso es lo que quieres hacer, ya sea pintar o tener una galería propia donde puedas exhibir colecciones...

–No –exclamó ella, apartándole–. ¡Te equivocas!

–¿Me equivoco?

Ella solo pudo levantar la vista y mirarle fijamente. Su mente se rebelaba. Era tan... absurdo. No se podía vivir del arte. No tenía futuro en ello.

Sydney... la que nunca tenía los pies en la tierra, la que vivía en una nube, la hija imperfecta, la gran decepción... Se cubrió el rostro con ambas manos y respiró profundamente. No iba a llorar. Era ridículo. ¿Quién podía emocionarse tanto por algo así? Mucha gente hacía trabajos que no deseaban y perseguían sus sueños en forma de hobbies. Sin embargo, ella se había negado incluso ese pequeño placer. Nunca había hecho nada artístico, como si fuera una locura. No. Nunca había perseguido ese sueño porque, si empezaba, no sabía dónde terminaría. Podía llegar a convertirse en una obsesión.

El Reed Team la necesitaba. Sus padres, Alicia... Todos ellos contaban con ella.

–Sydney –su voz era suave, el tacto de sus manos era sutil.

Le apartó las manos de la cara.

–Es una fantasía, Malik. No puedo permitirme ser una artista. Ni siquiera sé qué pintaría.

Él sonrió y gesticuló con la mano.

–¿Y qué te parece esto? Las dunas son hermosas, ¿no?

–Lo son –ella le agarró del brazo–. Pero llevo años sin pintar. Seguro que se me dará fatal.

–¿Y eso tiene importancia?

–Supon...Supongo que no... Siempre y cuando no tenga que dejar mi trabajo –añadió, tratando de sonreír, sin mucho éxito.

–¿Acaso era tan difícil admitirlo? No estás haciendo lo que te hace feliz, Sydney. Estás haciendo aquello que hace felices a otros. Tienes que ponerte por delante por una vez. Deja de pensar en lo que van a pensar.

–Haces que parezca muy fácil, pero no lo es, Malik. Todavía tengo responsabilidades, y las expectativas que van unidas a esa responsabilidad.

–También tienes una responsabilidad para contigo misma.

Sydney levantó la vista hacia el cielo. Se estaba haciendo de noche, y mucho más rápido de lo que había imaginado.

–¿Tú siempre te pones por delante de tus responsabilidades?

–No es eso lo que he dicho. Estás confundiéndolo todo –bebió un sorbo de agua de la botella que tenía en la mano.

–¿Y qué pasa con lo de los matrimonios de conveniencia? Eso también era una responsabilidad, ¿no?

Él la miró fijamente. La expresión de sus ojos era turbulenta, pero no tardó en recuperar la calma.

–Sí. El segundo no me preocupa, pero el primero... –sacudió la cabeza–. Fallé miserablemente cuando culpé a Dimah y la acusé de abocarme a ello. No fue culpa suya. Fue culpa de nuestros padres, de la tradición. Pero no de ella. Y, si no hubiera sido tan cruel, si me hubiera casado con ella, a lo mejor estaría viva ahora.

Sydney se sintió mal por haber sacado el tema. ¿Por qué lo había hecho? Porque se sentía confusa, con los sentimientos en carne viva.

–Lo siento, Malik. No debería haber hablado de ello.

Él se encogió de hombros.

–¿Y por qué no? Yo te he hecho hablar de cosas que no te gustan. Ahora te tocaba a ti.

–Sí, pero es muy doloroso para ti.

–Solo porque murió una joven inocente. Si no hubiera muerto, no me arrepentiría de nada de lo que le dije. Y a lo mejor hubiera sido lo bastante egoísta como para abandonarla antes de que se celebrara el matrimonio. O quizá me hubiera casado con ella y le hubiera hecho la vida imposible.

Sydney suspiró.

–Lo que le pasó es muy triste, pero no puedo creer que haya sido todo culpa tuya. A lo mejor era un poco inestable simplemente. A lo mejor necesitaba ayuda y nadie fue capaz de verlo.

–No sé si su muerte fue intencional.

–¿Qué te hace pensar eso? –preguntó Sydney, aterrorizada.

No pensaba que él fuera a contestar, pero sí que lo hizo.

–Ese mismo día me envió un mensaje de texto. Me decía que iba a hacer algo drástico si no la llamaba.

–¿Y no la llamaste?

Él apartó la vista y su mirada se perdió en la distancia. Se puso en pie. Su cuerpo vibraba de tanta tensión.

–¿Qué? –exclamó Sydney, poniéndose en pie y agarrándole del brazo–. ¿Qué pasó?

El cielo se había oscurecido mucho. El horizonte era de color morado y se extendía hacia ellos. Sydney se quedó helada. Aquello no era normal. La oscuridad se extendía de arriba hacia abajo cuando el sol se ocultaba tras el horizonte, pero aquello era como si la tierra se tragara el firmamento.

Malik se volvió en ese momento y la empujó hacia la puerta del coche.

–Sube, Sydney. Sube las ventanillas y cierra la ventilación.

Ella hizo lo que él le pedía. El corazón se le salía por la boca. Malik subió junto a ella e hizo lo mismo.

–Es una tormenta de arena, ¿no? –dijo ella, volviéndose hacia él, temblorosa.

Él asintió con la cabeza y se volvió para mirar por la parte trasera del vehículo. La oscuridad se aproximaba rápidamente. El cielo no tardaría en desaparecer dentro de ella.

–¿Vamos a morir? –le preguntó ella, sintiéndose diminuta.

Malik se volvió hacia ella bruscamente. Su mirada era intensa. La agarró de la barbilla y le dio un beso fugaz.

–No. No vamos a morir. Te lo prometo, Sydney.

Capítulo 13

Y CÓMO puedes prometérmelo? –exclamó ella.
Él endureció la expresión. Sus ojos brillaban en
la oscuridad.

–Porque ya lo he visto antes. No pasará nada. Simplemente estaremos algo incómodos durante un rato.

Sydney no sabía si creerle o no, pero lo deseaba desesperadamente. Se volvió hacia delante. La arena golpeaba el vehículo cada vez con más fuerza, pero por delante el cielo seguía despejado. Sin embargo, aquello no duraría mucho. Muy pronto estarían enterrados en arena. El corazón le dio un vuelco. Solo esperaba que no fuera literalmente.

En cuestión de quince minutos, apenas podía ver el capó del todoterreno. Una gota de sudor se deslizó entre sus pechos. Hacía un calor insoportable en el habitáculo del coche, pero no era del todo asfixiante. Además, por suerte la temperatura bajaría drásticamente en las horas siguientes a medida que se pusiera el sol.

–Dime qué es lo peor que podría pasar –dijo ella.

Él la miró. Su expresión era neutral.

–Necesito saberlo, Malik.

Él asintió.

–Podríamos quedar enterrados. La duna está muy cerca y, dependiendo de la dirección del viento, podría soplar hacia nosotros, dejándonos cubiertos por completo.

El corazón de Sydney latió más deprisa.

–¿Y entonces qué?

Tendríamos que salir cavando.

–¿Y el oxígeno?

–Hay unas cuantas botellas en el maletero. Iguales que las que utilizan los escaladores a mucha altitud.

–Entonces podríamos sobrevivir durante un rato.

–Sí.

Sydney se estremeció. Deseaba que no tuvieran que llegar a eso. Pero su corazón no dejaba de latir desenfrenadamente. El estómago le daba vueltas sin parar. Se volvió para mirar por el parabrisas. La arena se los había tragado por completo.

Se llevó un puño a la boca, se mordió los nudillos. Era un gesto inconsciente, pero cuando se dio cuenta de lo que estaba haciendo, no quiso parar.

–La llamé –dijo Malik, llamando su atención de nuevo. Estaba sentado con una mano sobre el volante y la cabeza apoyada en el asiento. Sydney no había olvidado la conversación que estaban teniendo antes de que llegara la tormenta.

–¿La llamaste?

Él volvió la cabeza hacia ella. Su expresión no dejaba lugar a dudas. Todavía se atormentaba por lo que le había pasado a Dimah. Aunque le doliera verle así, sabía que no podía hacer nada para aliviarle el dolor.

–Sí, la llamé –sus dedos se doblaron sobre el volante–. Y estaba furioso. Le dije que dejara de ser tan dramática. Le dije que no podía hacer nada para que quisiera casarme con ella.

Sydney estiró el brazo de forma impulsiva y puso su mano sobre la de él.

–Lo siento. Sé que no hago más que decirlo, pero es que no sé qué más decir.

–No hay nada más que decir. Me equivoqué. Y le hice daño –se tocó las sienes con los dedos índice y pulgar–. Han pasado casi diez años y todavía me siento culpable. Siempre me sentiré culpable.

La tormenta rugió sobre ellos con más fuerza que antes. Sydney se sobresaltó al sentir el violento impacto de la arena contra el coche. Malik no reaccionó y eso la hizo tranquilizarse un poco. A lo mejor no era nada. Si él se preocupaba, entonces sí tendría motivos para alarmarse.

–Creo que eso es muy normal –le dijo ella, levantando la voz para que pudiera oírla por encima del viento–. Si no te sentías nada culpable, si no pensaste nada en ella, no serías la clase de hombre que eres.

–¿Y qué clase de hombre es ese, Sydney?

Ella tragó con dificultad. ¿Qué podía decirle? ¿Que era la clase de hombre a la que podía amar? ¿De qué serviría eso?

–Un buen hombre. Un hombre que se preocupa por los demás.

Él le acarició la mejilla. El tacto de sus dedos la hizo sentir un cosquilleo en la piel.

–Te hice daño.

Ella bajó la vista.

–Sí.

–No es lo que quería hacer.

–Habría pasado al fin y al cabo –le dijo ella, sintiendo una tensión en la garganta.

Él se puso tenso. Sus dedos se detuvieron.

–¿Por qué dices eso?

¿Podía decírselo? El viento aulló a su alrededor y la oscuridad más impenetrable se cernió sobre ellos. ¿Por qué no? ¿Qué tenía que perder? Podían morir allí.

Levantó la barbilla y le miró a los ojos. No iba a esconderse de él.

–Porque te amaba, Malik, y tú no me amabas a mí –le dijo por fin, poniendo todas las cartas sobre la mesa.

Él volvió a acariciarle la mejilla. Su expresión se había vuelto más tierna que nunca.

–Tú me importabas, Sydney. Y todavía me importas.

Un alfiler de dolor se clavó en el corazón de Sydney. Podían morir esa noche y, aun así, eso era todo lo que podía decirle.

–Eso no es suficiente.

–Es lo que tengo. Los sentimientos no... se me dan bien.

Ella se llevó una mano al pecho, trató de contener el dolor.

–Necesito más. Quiero más. Y si no puedes... Si no podías dármelo, entonces era inevitable que saliera herida por mucho que no tuvieras intención de hacerme daño.

–Yo te di todo lo que tenía –le dijo él–. Todo aquello de lo que era capaz.

–¿Ah, sí? –ella se echó a reír, pero el sonido resultó muy estridente, amargo–. Creo que eso es una excusa, Malik. Creo que te has pasado toda la vida sin sentir nada. Creo que tenías miedo de que tus sentimientos no fueran correspondidos.

Él se puso furioso. Parecía abrumado, atormentado, como si quisiera escapar. Sabiendo que estaba tan cerca de la meta, Sydney se lanzó adelante de forma temeraria.

–Tu hermano no parece tener ningún problema con sus sentimientos. Mírale con su esposa...

Sydney se detuvo de golpe. Las emociones no la dejaban seguir. Los ojos le escocían, llenos de lágrimas.

El rey Adan y su esposa... Hubiera dado cualquier cosa por tener lo que ellos tenían. Se merecía esa clase de amor. Todo el mundo se lo merecía.

–Yo no soy mi hermano –le dijo él en un tono tenso, formal.

–¿Crees que no lo sé? –exclamó ella. Respiró hondo–. Creo que sí puedes sentir, Malik, pero también sigues culpándote por la muerte de Dimah, entre otras cosas.

Los ojos de Malik centellearon.

–No tienes ni idea, Sydney. Solo crees que la tienes.

–¿Entonces por qué demonios no me lo dices todo? –exclamó, embargada por las emociones–. Dímelo. Quiero saber por fin qué hay en mí que no es lo bastante bueno para ti.

Las palabras se quedaron flotando en el aire, pesadas y enormes. Ninguno de los dos se movió ni habló durante unos cuantos segundos. No había sido su intención decir algo, pero tampoco había podido evitarlo. Malik masculló un juramento. Y entonces la hizo sentarse sobre su regazo. Ella le empujó, trató de escapar... Pero él la sujetó con brazos que parecían de hierro. El vientre le ardía, de rabia, frustración, dolor... Le había dolido mucho decir esas palabras. Y, si volvía a hablar, incluso aunque fuera para decirle que se fuera, tenía miedo de echarse a llorar. Todo estaba fuera de control. La tormenta. Sus sentimientos. Estaba cansada, frustrada, furiosa y confundida. Y sentía tantas cosas a la vez que ni siquiera podía ponerles nombre. Quería que todo fuera más sencillo. Quería amar a un hombre y que su amor fuera correspondido. Derrotada, Sydney escondió el rostro contra su pecho y le agarró de ambos brazos, con fuerza. Lágrimas de impotencia corrieron por sus mejillas. Por mucho que intentara esconderlo, él sabía que estaba llorando. De repente, interceptó una lágrima sobre su mejilla.

–¿Alguna vez has pensado... –le dijo al oído mientras ella se acurrucaba contra él– que a lo mejor no soy lo bastante bueno para ti?

Antes de que ella pudiera contestarle, él le echó hacia atrás la barbilla y le dio un beso. La cabeza de Sydney daba vueltas sin parar. No quería suavizar las cosas, no quería devolverle el beso, pero no pudo evitarlo. Era inevitable. ¿Y si morían esa noche? ¿Y si la tormenta los cubría por completo y no conseguían salir?

–Eres digna de un rey, Sydney –susurró él–. Nunca lo dudes –dijo, y entonces le dio un beso hambriento, tomando todo lo que ella le ofrecía, y más. Se besaron durante lo que pareció una eternidad, aunque en realidad solo fueran unos minutos. El cuerpo de Sydney respondió como siempre, suavizándose, relajándose, derritiéndose. Podía sentir la respuesta de Malik, su erección creciendo junto al muslo. No pudo evitar empezar a moverse contra él. Le encantaba sentir la dureza justo ahí, oírle gemir.

–¿Me deseas, Sydney?

Jamás lo había oído sonar tan inseguro.

–Sí –le contestó–. Oh, sí.

Él le quitó la ropa entonces hasta tenerla sobre el regazo en ropa interior. Y después escondió el rostro en su escote para aspirar su aroma. Sydney echó atrás la cabeza y le dejó quitarle el sujetador.

–Hace mucho calor aquí –dijo Malik unos momentos después.

–Todavía llevas toda la ropa puesta.

–Sí.

Logró deshacerse de su ropaje, dejando al descubierto su espléndido pectoral. Deslizó un dedo por dentro de la banda elástica de las braguitas de ella y la encontró húmeda y preparada para él. Sin embargo, en vez de quitárselas como siempre, las agarró de un extremo y tiró con fuerza, arrancándoselas de golpe.

–¡Malik! –exclamó ella.

–No quiero esperar –le dijo él. Sus ojos brillaban en la oscuridad.

Ella tampoco quería esperar. Él se quitó los pantalones y la hizo sentarse a horcajadas sobre él, justo encima de su poderoso miembro. La llenó por completo y la hizo temblar de placer.

–No hay nada como esto –le dijo. Su pecho subía y bajaba rápidamente, como si se estuviera aferrando a la última pizca de autocontrol–. No hay nada como estar contigo.

La agarró de las caderas y empujó con todas sus fuerzas, deslizando el pulgar sobre el punto más sensible de su sexo, al ritmo de sus movimientos. Sydney enredó las manos en su pelo negro, echó la cabeza atrás y fundió su boca con la de él, dando y tomando a partes iguales. El placer crecía y crecía, sin darles tregua... Y entonces Sydney se arrojó al abismo del éxtasis, cayendo y cayendo durante mucho más tiempo del esperado. Era tan maravilloso que casi sentía dolor. Cuando todo terminó, gritó desde lo más profundo de su ser.

Malik todavía seguía gloriosamente excitado mientras le acariciaba la espalda con los dedos.

–Esto es felicidad –le dijo–. Estar contigo así.

Nunca le había dicho tantas cosas, pero Sydney quería que dijera mucho más. Tenía que ser consciente de la tormenta que rugía fuera, tenía que estar tan preocupado como ella. Esa podía ser su última vez juntos.

–Oh, Malik –le dijo–. ¿No lo entiendes?

A modo de respuesta, él tomó sus labios con brusquedad y entonces volvió a entrar en ella, llevándola a cotas más altas de placer. En el último momento, metió las manos entre ellos y encontró su sexo. Sydney cayó por el borde del precipicio con un grito que le salió de las entrañas. Era un grito que casi sonaba como...

«Te quiero...».

Malik la sujetó con fuerza y, mientras la besaba sin parar, encontró alivio en su cuerpo exquisito. Empujó con fuerza hasta que por fin no quedó nada más que darle, y entonces su beso se volvió suave y sutil. Era como una tormenta que había agotado su furia y que ya solo podía acariciar la tierra a la que había asolado. El corazón de Sydney latía sin control. Sabía muy bien lo que había dicho, lo que no había sido capaz de guardar en su interior. La emoción era tan fuerte, sacudiéndola de la misma forma en que la tormenta sacudía el todoterreno. Malik le apartó el pelo húmedo de la cara.

—Ha sido extraordinario. Gracias.

—¿Eso es todo? —le preguntó ella, sintiendo un nudo en la garganta.

—¿Qué quieres que te diga, *habibti*?

Ese fue el momento en el que el corazón de la joven se rompió en mil pedazos.

—¿Has oído lo que te he dicho?

Él tragó en seco. Esa fue su única reacción.

—Sí. Y me alegro —le dijo, acariciándole un lado del pecho—. Pero solo son palabras. Los hechos significan mucho más que las palabras. ¿No crees?

Sydney se echó hacia atrás.

—Las palabras también están bien, Malik. A veces son necesarias las palabras.

—Cualquiera puede decir las palabras —dijo él—. Pero no por eso son verdaderas.

—Para mí sí lo son.

Él cerró los ojos.

—Sydney, por favor. Ahora no.

Ella se quitó de encima de él, recogió su ropa y se la puso rápidamente.

—¿Cuándo? ¿Cuándo es el momento? ¿O es que esperas que no sobrevivamos a esta noche y que no tengamos que hablar de nuevo?

La expresión de Malik se volvió tensa.

—No seas tan dramática.

—¿Dramática? ¿Te dije que te quería y eso es dramático?

Los ojos le escocían de tanta emoción.

Él se abrochó los pantalones con brusquedad.

—¿Quieres que te diga que te quiero, Sydney? —le preguntó, fulminándola con una mirada—. ¿Eso te haría feliz? —se inclinó adelante y le agarró la barbilla. La obligó a mirarle—. Te quiero —dijo casi con un gruñido—. ¿Es eso lo que quieres oír?

Ella le apartó la mano y se acurrucó lo más lejos que pudo junto a la puerta.

—No —dijo, mirando hacia el cristal de la ventanilla.

Él se echó a reír.

—Y tú eras la que decía que las palabras eran importantes.

La tormenta rugió durante varias horas más y la temperatura descendió bastante. La suave luz de una linterna de pilas aclaraba un poco la oscuridad. Sydney le miró de reojo. Él estaba recostado en el asiento, con los ojos cerrados. Todavía tenía el pecho descubierto. Y ella también; solo llevaba el sujetador. Antes hacía demasiado calor como para no quitarse la ropa.

Pero a medida que pasaba el tiempo empezaba a refrescar. Casi hacía frío en realidad. Sydney agarró la prenda que se había quitado y se la puso ágilmente. Malik se movió entonces. Sus ojos se abrieron de repente, como si no hubiera estado durmiendo. La miró de arriba abajo y entonces miró por la ventanilla. Ella trató de fingir indiferencia.

—La tormenta casi ha terminado —le dijo, con la voz tomada por el sueño—. Muy pronto podremos abrir las ventanillas.

—Eso es bueno —le dijo ella, aunque en realidad no sentiría mucho alivio hasta que el aire se despejara y pudiera ver el cielo de nuevo.

—¿Te encuentras bien?

—Sí.

Él soltó el aliento bruscamente.

—Lo siento. No quería hacerte daño.

—No importa, Malik —le dijo ella, encogiéndose de hombros.

Él volvió a sumirse en un profundo silencio y Sydney empezó a sentir un calor repentino; vergüenza, impotencia... Le había confesado lo que sentía por él; esos sentimientos estúpidos que no la llevaban a ninguna parte. Y él los había recibido con indiferencia.

Sydney se volvió hacia la ventana, apoyó la cabeza en las manos, cerró los ojos. Todavía no había podido dormir, pero a lo mejor lo lograba si seguía intentándolo.

No llevaba mucho tiempo con los ojos cerrados cuando Malik volvió a hablarle.

—¿Sí? —parpadeó varias veces, bostezando. A lo mejor después de todo sí que había dormido.

—La tormenta ha terminado. Tengo que ver si se puede abrir tu puerta.

—¿Mi puerta?

–La mía no se abre. La arena la mantiene cerrada.

Sydney sintió un ataque inmediato de ansiedad. ¿Y si estaban atrapados?

–Déjame –dijo ella con firmeza, intentando ser útil–. Estoy aquí mismo.

Él vaciló un momento y entonces asintió.

–Tienes que tener cuidado. Primero baja la ventanilla muy despacio, solo un poquito –giró la llave del coche una fracción del recorrido y ella apretó el botón.

Por suerte quedaba suficiente reserva de energía para efectuar esa tarea sencilla. La arena empezó a caer en cascada en cuanto abrió un poco la ventanilla, así que Sydney volvió a cerrarla.

–No. Bájala otra vez. Si la arena se afloja, es una buena señal.

–¿Y si sigue entrando?

–Entonces tenemos un problema –le dijo él.

Sydney apretó la cara contra la ventanilla, cubriéndose los ojos.

–Veo oscuridad a través de la ventanilla. Creo. Si estuviéramos cubiertos de arena, lo vería, ¿no?

–Sí, pero si la duna es inestable, podría colapsarse y arrojar más arena sobre nosotros. Lo que ha entrado por la ventanilla viene de arriba. Pero no sé cuánta hay encima de nosotros.

Sydney respiró hondo y trató de abrir la ventanilla de nuevo. La arena entró de nuevo, pero el flujo disminuyó rápidamente hasta que ya no entró nada más. Aunque estuviera sentada, las rodillas le temblaban.

–Bájala más y saca el brazo. Con cuidado. Mira a ver si puedes tocar la arena.

Ella hizo lo que él le pedía. Sacó la mano y trató de tocar el suelo de arena con las yemas de los dedos.

–No siento nada.

–Bien –Malik soltó el aliento–. Ahora déjame intentarlo a mí. Tengo los brazos más largos.

Se inclinó sobre ella y comprobó la altura de la arena. Un momento después abrió la puerta.

Sydney sintió una ola de alivio.

–No estamos enterrados –dijo–. Pero ¿cómo es posible si la arena estaba entrando a borbotones?

Bajó del vehículo. El suelo estaba mucho más cerca que antes y casi tropezó cuando sus pies golpearon la arena. El aire frío le puso la piel de gallina. El cielo estaba despejado y miles de estrellas brillaban en el firmamento.

Pero el coche...

Sydney tembló.

–Está medio enterrado. Por tu lado.

En realidad tres cuartas partes del vehículo estaban escondidas en la arena. Podía ver de dónde provenía la arena que había entrado por la ventanilla. No había sido mucha, pero sí se lo había parecido unos minutos antes.

Malik salió del coche y estudió el panorama durante unos segundos. El todoterreno parecía una escultura de Miguel Ángel, una de esas que no llegó a terminar y que parecían querer salir de la roca. Solo se veía una pequeña fracción del coche, por el lado del acompañante.

–Hemos tenido suerte, *habibti* –le dijo él tranquilamente.

Ella se abrazó.

–Podríamos haber muerto, ¿verdad? Si hubiera durado un poco más...

Él se volvió hacia ella. Su expresión era fiera.

–Pero no duró. Y estamos bien.

–El poder de la tormenta... –dijo Sydney sin terminar la frase. Aquella tromba de arena, la cara más salvaje de la naturaleza... Estaba atrapada en mitad del desierto con Malik. Sus vidas eran tan insignificantes, sus problemas tan pequeños...

–El desierto no es para principiantes.

Ella soltó el aliento.

–¿Te da igual? que pudiéramos haber muerto?

–No hemos muerto. Y no moriremos. Te lo prometo.

–¿No sientes nada? –le dijo ella. Lágrimas de rabia afloraron a sus ojos y se las enjugó con el dorso de la mano.

Él la estaba mirando; su expresión era más triste que nunca.

–Sí. Siento arrepentimiento, Sydney.

–¿Arrepentimiento?

–Nunca debí traerte a Jahfar.

Por alguna razón, esas palabras hicieron mella en ella.

–Tenías que hacerlo. Tenemos que estar juntos hasta que... hasta que podamos conseguir el divorcio –añadió ella, atropellando las palabras.

Él sacudió la cabeza. Su expresión era inflexible, su mirada dura.

–Te dejo marchar.

Ella se quedó perpleja.

–Pero los cuarenta días...

–Una mentira...

Ella le miró con ojos de estupefacción.

–¿Una mentira?

–Una exageración. La ley era real, pero Adan y su gabinete de gobierno la cambiaron durante las reformas. Esa ley fue escrita en una época cuando nuestra sociedad era más feudal, y se suponía que era una forma de proteger a las mujeres. Una reina convenció a su esposo para que aprobara la ley cuando su hermana se casó. El marido se aprovechó de ella y la repudió en cuestión de dos días. Creo que hubo una guerra por ello, si no recuerdo mal.

–¿Por qué? –preguntó Sydney, casi temblando–. ¿Por qué lo hiciste?

Él gesticuló con el brazo en el aire.

–Porque tenía que hacerlo. Porque tú me abandonaste y yo estaba furioso.

–¿Mentiste para vengarte?

No era solo eso lo que había hecho. Había hecho más, pero no podía decírselo, por mucho que quisiera. No podía decirle que necesitaba hacerla volver, que la necesitaba. Era peligroso necesitar a la gente. Si se necesitaba a la gente, ellos podían hacer daño, podían dar donde más dolía.

–No. No fue venganza –sacó el teléfono del coche.

–No lo entiendo.

–Creo que ya ha quedado claro que no nos entendemos muy bien.

Los ojos de Sydney brillaron de repente.

–Tuve que reorganizar mi vida entera para venir a Jahfar.

–Eres mi esposa, Sydney. Accediste a ello cuando te casaste conmigo.

No era una buena razón, pero nada de lo que había hecho cuando se había ido a Los Ángeles tenía mucho sentido en aquel momento. Había ido porque sabía que ella iba a encontrarse con su abogado. Pero tampoco sabía lo que iba a hacer al presentarse en aquella casa de Malibú.

–Sí, ¡pero eso fue antes de que me dijeras que lo nuestro había sido un error! Antes de saber que te arrepentías de haberte casado conmigo.

Malik soltó el aliento. De entre todas las cosas estúpidas que podía haber hecho, esa había sido la peor de
todas.

–Ya te lo he explicado. No voy a hacerlo de nuevo.

Porque pensar en ello le hacía enfurecer.

Ella tragó en seco y Malik supo que estaba decidida
a no llorar. No eran lágrimas de debilidad, sino de rabia,
las que estaba conteniendo.

–Me has traído aquí para nada –dijo ella–. Y peor
aún... Me has hecho...

Se tapó la boca con una mano y se dio la vuelta. Malik apenas podía soportarlo, no podía soportar saber que
le había hecho daño. La agarró de los hombros, la hizo
volverse en sus brazos. Ella cerró los puños y le golpeó
en el pecho, pero él no la soltó. Ella volvió a golpear-
le, pero él la sujetó con más fuerza. No trataba de hacerle daño. Estaba furiosa, herida. Y él se lo merecía.
Se merecía todo lo que ella pudiera hacerle.

–Me hiciste quererte de nuevo, Malik. Habría sido
mucho mejor si me hubieras dado el divorcio y me hubieras dejado en paz, pero tuviste que meterme en tu
vida de nuevo. Ya casi me había librado de ti.

Él le acarició el cabello, la estrechó contra su pecho,
contra su corazón.

–Voy a dejarte marchar. Si es lo que quieres.

Ella tardó en contestar.

–Sí –le dijo por fin con un hilo de voz apenas inteli-
gible–. Sí. Eso es lo que quiero.

Capítulo 14

COMPARADO con el desierto de Jahfar, Los Ángeles era un torbellino de color, luz y sonido. A veces soñaba con el desierto de Maktal, soñaba con esa arena profunda y sombreada, la luz cegadora de un sol de fuego... Pero sobre todo soñaba con un hombre.

Sydney estaba frente a la encimera de la cocina, cansada después de un largo día de trabajo. Había comprado comida para llevar y la estaba engullendo con rapidez, tratando de no pensar en Malik. Pero no funcionaba. Dejó la cajita de cartón sobre la mesa y se llevó las manos a la cabeza. ¿Por qué soñaba con él después de todo lo que le había hecho? Había pasado un mes desde su marcha de Jahfar. Él la había llamado una vez. Habían hablado durante unos minutos, pero la conversación había sido tensa e incómoda para ambos. Al terminar la llamada, Sydney había sabido con certeza que no la volvería a llamar.

Se quedó mirando el móvil, situado sobre la encimera... Pensó en llamarle de nuevo. Le echaba de menos, echaba de menos su sonrisa, su seriedad, la forma en que la abrazaba y la acariciaba cuando hacían el amor. Echaba de menos su mirada cuando le decía que la felicidad era estar con ella. Sydney contuvo lágrimas de tristeza. Se sentía muy tensa por dentro, como si estuviera conteniendo demasiadas emociones que pugnaban por salir a la luz. Pero tenía que enterrarlas bien, porque no podía permitirse el lujo de sentir dolor. No quería pasar el resto de su vida en una cama sufriendo por él.

De repente pensó con tristeza en el kit de artista principiante que había comprado en una tienda el fin de semana. Le daba demasiada vergüenza pedir ayuda, como si estuviera haciendo algo malo, así que había comprado ese kit que parecía tener todas las pinturas y pinceles que necesitaba para empezar.

Todavía no lo había abierto. Estaba guardado en la habitación de invitados; un secreto inconfesable. Esa noche. Esa noche lo abriría. A lo mejor no recordaba cómo pintar una flor o un árbol, pero por lo menos lo intentaría. Por lo menos lo intentaría. El arte y el trabajo podían coexistir. Malik tenía razón cuando le había dicho que tenía que hacer algo por sí misma, que tenía que ponerse en primer lugar en algunas ocasiones. Y había hecho precisamente eso cuando se había marchado de Jahfar, aunque hubiera sido lo más duro que había tenido que hacer en toda su vida.

Todo había pasado muy rápido, pero en cuanto llegó el equipo de rescate, Malik la hizo subir a uno de los cuatro coches y le dijo al conductor que la llevara directamente a su casa de Al Na'ir. Todavía podía ver sus ojos oscuros, la mirada que le había dedicado en el último momento, cuando estaba subiendo al vehículo que la alejaría de él para siempre. Parecía... resignado.

Un segundo coche iba detrás de ellos, pero Malik no iba en él. Se había quedado atrás. Esa había sido la última vez que le había visto. Después de ducharse y hacer la maleta, se había subido a un avión rumbo a Port Jahfar y, una vez allí, el jet privado de Malik la había llevado de vuelta a casa.

De repente sonó el timbre de la puerta. El sonido la hizo sobresaltarse.

Malik.

¿Era posible? ¿Había ido a buscarla esa vez? Se apartó el pelo de la cara, se alisó la falda y fue hacia la puerta. El corazón le latía sin ton ni son.

Pero cuando puso el ojo en la mirilla, vio que era su hermana. No quería hablar con nadie en ese momento, pero tampoco podía fingir que no había nadie en la casa.

—Gracias a Dios que estás aquí —dijo Alicia en cuanto Sydney abrió la puerta.

Sydney parpadeó. Alicia tenía muy mala cara. La máscara de ojos se le había corrido por todo el rostro y tenía el pelo hecho un desastre. Estaba temblando de pies a cabeza.

—Oh, Dios mío, ¿qué ha pasado? —exclamó Sydney.

—Yo... Yo solo necesitaba entrar un rato. ¿Puedo?

—¡Claro! —Sydney retrocedió torpemente y dejó entrar a su hermana.

Alicia fue directamente a sentarse en el sofá. Nada más hacerlo, se echó a llorar. Sydney corrió hacia ella y la abrazó con fuerza.

—Dios mío, Alicia. ¿Qué pasa? ¿Le ha pasado algo a Jeffrey?

Alicia empezó a llorar con más fuerza. Entonces levantó la vista y Sydney se dio cuenta por fin. Alicia tenía un ojo rojo, como si alguien la hubiera golpeado. El moratón no tardaría en salirle.

Una ola de pánico se apoderó de Sydney.

—Cariño, ¿qué te han hecho? ¿Llamamos a la policía? ¿Dónde está Jeffrey?

De repente Sydney se dio cuenta de que estaba atosigando a su pobre hermana. De alguna forma logró callarse y se limitó a abrazarla con más fuerza.

—Dímelo cuando estés preparada, ¿de acuerdo?

–Fue Jeffrey –susurró Alicia unos segundos después–. Me ha pegado.

Sydney se quedó boquiabierta.

–¿Te ha pegado? ¡Pero si te quiere con locura!

Alicia se encogió de dolor.

–No me quiere con locura, Syd. En realidad, no.
Solo se quiere a sí mismo –se levantó y empezó a ca-
minar por la estancia, arrojando al suelo el pañuelo de
papel que había sacado del bolso.

–Tenemos que llamar a la policía –dijo Sydney, intentando asimilarlo todo.

–No puedo hacer eso –dijo su hermana–. No puedo.
Todo el mundo pensará que soy una idiota. Mamá y
papá se llevarán una gran decepción.

Sydney se puso en pie bruscamente y rodeó a su hermana con el brazo.

–Todo va a salir bien, Alicia. Nadie va a pensar eso.
Todo el mundo sabe lo lista que eres.

Alicia se rio con amargura.

–Sydney... Las mujeres listas no se quedan con hombres que les pegan.

Un frío gélido subió por la espalda de Sydney.

–¿No es la primera vez?

–No.

–Siéntate y cuéntamelo todo –dijo Sydney, llevándola hacia el sofá.

Fue a buscarle una bebida fría del frigorífico. Pasaron media hora hablando y finalmente Sydney logró
convencerla para que acudieran a la policía. La noche
fue muy larga. La policía interrogó a Alicia, le tomó declaración y consiguió una orden de arresto para Jeffrey.
Cuando todo terminó, Sydney llevó a su hermana de
vuelta al apartamento y la acostó en la habitación de hués-
pedes. Cuando Alicia se quedó dormida por fin, Sydney

se sirvió una copa de vino y fue a sentarse al sofá. Se había equivocado tanto... Había estado tan ciega... Había creído que Jeffrey estaba enamorado de su hermana, que Alicia no tenía tiempo para salir con sus amigas porque era muy feliz. Jamás se le había ocurrido pensar que Jeffrey pudiera ser un controlador irascible, que montaba en cólera cuando ella no estaba cerca... Tenía que saber dónde estaba en cada momento, no quería que hablara con nadie, ni siquiera con su familia; sentía celos de todo el mundo. Y finalmente había terminado golpeándola. Más tarde se había arrepentido, había llorado y le había jurado que nunca más volvería a hacerlo, que la quería mucho y que nunca volvería a hacerle daño. Jeffrey había dicho las palabras, pero no lo decía de verdad.

«Los hechos significan mucho más que las palabras...».

Eso le había dicho Malik.

De repente su corazón empezó a revolotear de pura emoción. Había sido demasiado tonta para ver la verdad. Se había centrado tanto en las palabras que apenas le había prestado atención a los hechos. ¿Por qué la había llevado a Jahfar cuando no era necesario? Todavía estaba molesta por eso. Sentía que él la había manipulado. Si quería arreglar las cosas entre ellos, ¿por qué no lo había dicho sin más? Sydney se frotó la nuca para aliviar la tensión. ¿Malik había querido arreglar las cosas entre ellos? ¿Era por eso que la había llevado a Jahfar?

Era un hombre extraordinario, seguro de sí mismo, con dinero suficiente para hacer cualquier cosa en la vida. ¿Era tan inseguro en el fondo que apenas podía decirle lo que realmente quería de ella?

De pronto Sydney sintió una gran vergüenza. ¿Cómo había podido ser tan tonta? Se había empeñado en hacer el papel de víctima. Había huido y después había esperado una llamada que nunca había llegado, tratando de convencerse de que no era lo bastante buena, que no era importante, ni especial... Había hecho que todo girara en torno a ella cuando en realidad se trataba de los dos, como pareja. Se había comportado como una niña, tal y como Malik le había dicho en una ocasión. Y había vuelto a hacerlo aquel día en el desierto, cuando él le había dicho que había mentido acerca de la ley. Se había sentido tan herida y traicionada que solo había querido marcharse de allí. No había reparado en su forma de abrazarla, en la verdad que él acababa de admitir, en el enorme sacrificio que estaba dispuesto a hacer... Todavía no sabía muy bien si eso significaba que él la amaba, pero a lo mejor podía ser un comienzo.

No es amor un amor que siempre cambia por momentos, o a distanciarse en la distancia tiende.

Shakespeare había sido un hombre muy, muy sabio...

Agarró el teléfono rápidamente y buscó el número de Malik. Los dedos le temblaban justo antes de apretar el botón de llamada... Pero finalmente lo hizo y esperó mientras se realizaba la conexión. El corazón se le salía del pecho.

«Por favor. Tienes que estar...», decía para sí.

Pero él no estaba. El teléfono sonó varias veces y entonces saltó el buzón de voz. Sydney vaciló, sin saber qué decir, y entonces cortó la llamada sin decir ni una palabra. La decepción más profunda se cernió sobre ella. Volvería a llamar. Le dejaría un mensaje, pero antes tenía que pensar muy bien qué decirle.

Por alguna razón, las palabras no le salían. Las palabras no significaban nada.

Justo cuando más las necesitaba, no era capaz de encontrar las palabras adecuadas para salvar su vida. A lo mejor Malik tenía razón. Los hechos eran más importantes...

Los días siguientes transcurrieron en una nebulosa. Sydney trató de contactar con Malik en varias ocasiones, pero él nunca contestó. Una ola de pánico cayó sobre ella. ¿Y si había decidido terminar con ella para siempre? ¿Y si su silencio era deliberado?

Afortunadamente, su hermana estaba mucho mejor. Alicia se había ido a casa de sus padres y había conseguido una orden de alejamiento contra Jeffrey. El trabajo era una locura sin ella y sin su madre, que había decidido quedarse en casa para cuidarla las veinticuatro horas del día. Su padre lo llevaba bastante bien, pero estaba un poco desorientado. Seguía acudiendo a la oficina, pero relegaba en ella con mucha más frecuencia y Sydney tenía más cosas que hacer que nunca. Qué gran sorpresa se había llevado al ver que su padre confiaba en ella. Qué pena que esa revelación hubiera llegado demasiado tarde.

Había comprado un billete de avión para irse a Jahfar; un billete que nunca llegaría a usar como siguiera así.

Una semana más tarde, Alicia y su madre se reincorporaron al trabajo. Alicia había tenido que taparse el ojo negro con mucho maquillaje, pero hacía sus funciones con la misma eficacia de siempre. Nadie hablaba de Jeffrey.

Sydney estaba sentada en su despacho, mirando el correo. Hizo clic en un correo electrónico de su madre. Era una nueva lista en Malibú. El corazón se le paró un momento al ver una dirección... Era casi la misma que la de la casa que le había vendido a Malik. Estaba dos números más abajo. Pensó en ir al despacho de su madre y preguntar si alguna otra persona podía acudir a la cita, pero finalmente decidió que no era buena idea.

Terminaría su jornada laboral como siempre, y después tomaría el avión rumbo a Jahfar.

No podía retrasarlo ni un momento más. El Reed Team era una maquinaria robusta... Podía escaparse durante unos días. Cuando le dijo a Alicia lo que estaba planeando hacer, su hermana le dio un sentido abrazo y le deseó buena suerte.

–¿No te importa que vaya?

–Claro que no –dijo Alicia, apretándole la mano–. Estoy bien y quiero que vayas. Ve a recuperar a ese príncipe tuyo antes de que otra te lo quite.

Sydney se estremeció.

–Pero luego vas a ir a Malibú, ¿no? –le preguntó Alicia desde la puerta del despacho–. Creo que no puede ir nadie más. Y mamá dice que es importante.

–Yo voy –le dijo Sydney–. Tengo tiempo de sobra.

Alicia pareció aliviada.

–Bien.

En cuanto Alicia se marchó, la mente de Sydney empezó a correr, repasando todo lo que tenía que hacer antes de subir a bordo de ese avión esa noche. Tenía una reunión con un cliente a las tres, y después iría a Malibú. Tras ver la casa y hacer las anotaciones pertinentes, tendría el tiempo justo para regresar a casa, buscar algo de ropa y dirigirse al aeropuerto. El estómago le dio un vuelco. ¿Y si Malik no estaba en Jahfar? No tenía ni idea de dónde podía estar, pero sabía dónde vivía y también sabía que en cuanto ella llegara alguien se encargaría de darle la noticia. Él volvería y entonces podría decirle lo idiota que había sido.

Después de eso, solo quedaba incertidumbre. Solo podía rezar para que no fuera demasiado tarde. Alrededor de las cinco y media, Sydney aparcó el coche delante de la casa de Malibú. La casa que Malik había comprado estaba dos puertas más adelante. Había pasado por delante en el camino. No había signos de actividad, ni coches aparcados, pero tampoco había esperado encontrar algo diferente. Esperaba que él vendiera la casa en los meses siguientes.

Era una casa de ensueño; la clase de casa que ella misma hubiera comprado si hubiera tenido tanto dinero como él. Casi podía imaginarse a su lado, disfrutando de un atardecer en el porche... Agarró el maletín, se alisó la falda y subió las escaleras hasta la puerta. Una ola de expectación burbujeó en sus venas. Y miedo también... ¿Y si Malik la rechazaba?

Sacudió la cabeza. No era bueno pensar así. Daría el salto y dejaría que las cosas fluyeran por sí solas. Apretó el botón del timbre y puso su mejor sonrisa. La puerta se abrió de golpe. Un hombre moreno apareció ante ella.

Sydney casi se cayó al suelo del susto. Parpadeó varias veces, segura de que estaba teniendo una alucinación. Aquel hombre se parecía mucho a Malik, pero no era Malik. Era alto, con piel bronceada. Sus rasgos bien perfilados le eran muy familiares. Era apuesto, al igual que los demás miembros de la familia Al Dhakir.

El corazón de Sydney empezó a latir con más fuerza.

—Hola, Sydney —dijo el hombre con un acento extranjero—. Soy Taj.

—Yo... —Sydney tragó con dificultad.

El hombre debía de pensar que era una tonta.

—Encantada de conocerle —dijo por fin.

Taj sonrió.

—He oído hablar mucho de ti.

—¿Sí?

—Claro. Mi hermano no habla de otra cosa.

Sydney se detuvo en el espacioso vestíbulo. Lágrimas de alivio amenazaban con caer de sus ojos.

–¿Malik? ¿Está aquí?

Taj la hizo agarrarle del brazo y se dirigió hacia la terraza.

–¿Por qué no vienes y lo ves por ti misma?

La condujo a través de un enorme salón hasta salir a la terraza. Había un hombre junto a la piscina. Detrás de él, el océano brillaba en todo su esplendor de la tarde. A lo lejos se oía el canto de las gaviotas. El corazón de Sydney dio un vuelco. Malik llevaba un traje y tenía las manos metidas en los bolsillos. Quería arrojarse en sus brazos, pero estaba paralizada. Había intentado localizarle durante días y, por fin, lo tenía delante de sus ojos. Tan cerca y, sin embargo, tan lejos...

–Si me disculpas –dijo Taj–. Tengo que cambiarme de ropa.

Sydney asintió, pero la garganta se le había cerrado y no podía hablar. Palabras... Qué tontería. ¿Quién las necesitaba? No podía pensar en nada que decir. La mirada de Malik cambió de dirección hacia un punto indeterminado detrás de ella. Asintió con la cabeza y entonces volvió a mirarla fijamente. Sus ojos oscuros eran cálidos, inmensos. Adoraba la forma en que la miraba. Le amaba. ¿Pero acaso él la amaba a ella? Fue hacia ella, se detuvo. Por un momento ella pensó que la iba a rodear con sus brazos, pero no lo hizo.

–Me alegro de verte, Sydney –dijo él por fin.

–He comprado un billete de avión –le dijo ella sin pensar en lo que estaba diciendo.

–¿Un billete?

Ella cerró los ojos un momento.

–Un billete para Jahfar –añadió, sintiéndose incómoda, ridícula y avergonzada, todo al mismo tiempo–. Me voy esta noche.

–Ah, entiendo. Qué pena.

–¿Pena?

Él le rozó la mejilla con las yemas de los dedos.

–Esperaba que pudieras acompañarme a una fiesta.

–¿Una fiesta? Yo... –dijo, mirándose la ropa–. No estoy vestida para una fiesta.

–Me he tomado de libertad de comprarte algo.

Sydney tragó con dificultad. Aquello era una locura.

–¿Qué clase de fiesta?

–Es para nosotros. Es una celebración.

–¿Qué celebramos?

Él sonrió. La agarró de la cintura y la atrajo hacia sí. Ella le miró a los ojos y aflojó la mano con la que sujetaba el maletín. Él se lo quitó y lo arrojó sobre una silla cercana.

–Sé que ha sido un poco precipitado por mi parte, pero esperaba que pudiéramos celebrar nuestro matrimonio. Nuestra vida juntos. Nuestra felicidad.

Una lágrima corrió por la mejilla de Sydney.

–Malik...

Él le puso un dedo sobre los labios.

–Déjame hablar. Esto es difícil para mí. No estoy acostumbrado a hablar de sentimientos –le dijo, mirándola como nunca antes la había mirado. Sus ojos estaban llenos de emociones en las que nunca antes se había fijado–. Las palabras salen muy baratas. Las palabras no significan nada. Sin embargo, yo sé que hay un valor en ellas, cuando son sinceras. He oído muchas palabras vacías en mi vida, y a lo mejor eso me ha hecho inmune a ellas. En mi propio perjuicio, por lo menos en lo que respecta a ti.

Respiró hondo.

–No te dije lo que debería haberte dicho, y me he arrepentido mucho. Debería haberte dicho que mi vida se apagó cuando te marchaste hace un año, que mi orgullo me impedía ir a buscarte, cuando debería haberlo hecho, que dejé pasar demasiado tiempo porque seguía esperando que volvieras conmigo. ¿Cómo es que no volviste conmigo? Soy el príncipe Malik al Dhakir.

Se estaba riendo de sí mismo. Sydney puso un dedo sobre sus labios para hacerle callar. No quería oírle hablar de esa manera.

–No, Malik. No tienes que rebajarte. Los dos hemos hecho cosas estúpidas. Yo nunca debía haber huido como lo hice. Me comporté como una niña, tal y como tú me dijiste. Fui impulsiva y estúpida.

Él sonrió entonces.

–Me gustas cuando eres impulsiva.

–¿Cómo? Me comporté como una imbécil.

–Pero también te casaste conmigo en uno de esos momentos impulsivos. A menos que pienses que eso también fue una estupidez. Y no te culparía si lo creyeras.

Ella sacudió la cabeza y entonces bajó la vista. Se miró las manos, apoyadas sobre las solapas de su caro traje. El tejido era de primera calidad. Todo en él despedía opulencia, dinero, realeza... Y ella era tan sencilla, tan corriente... La Sydney Reed de siempre.

–Para ya, Sydney –le dijo él de repente, levantándole la barbilla con un dedo.

–¿Parar qué?

–Parar de pensar que no eres lo bastante buena.

–No es eso lo que estaba pensando –le dijo, pero no era verdad. Bajó la cabeza y la apoyó en su pecho–. Estoy trabajando en ello, Malik. Es una vieja costumbre y no puedo cambiarla de la noche a la mañana.

–Escúchame, Sydney.

Ella levantó la vista de nuevo y contuvo la respiración.

–Eres la mejor persona que conozco. La más generosa, agradable, desprendida... Quiero estar contigo. Te quiero en mi vida, hoy y siempre. Pero no siempre será fácil. Ya has conocido a mi madre. No cambiará de opinión respecto a ti, pero a mí me da igual. A mí solo me importas tú.

Sydney sintió que su corazón se hinchaba más y más.

–Tu madre no me preocupa. Siempre y cuando me quieras, me trae sin cuidado lo que ella piense –se mordió el labio–. Me quieres, ¿no? ¿Quieres estar casado conmigo?

Él parecía exasperado.

–¿No te lo he dicho ya?

Sydney se rio suavemente.

–Solo quería asegurarme.

–¿Y de qué hay que asegurarse? Te he dicho lo que siento, lo que quiero. Lo que siempre he querido.

Ella deslizó una mano a lo largo de su mandíbula. Necesitaba saber más cosas, pero eso tampoco cambiaba lo que sentía por él.

–¿Por qué te casaste conmigo, Malik? ¿Fue para librarte de otro matrimonio de conveniencia? ¿Fue la elección más conveniente? ¿O acaso hubo algo más?

De repente él pareció montar en cólera. El viento sopló con más fuerza, agitándole el cabello. Ella se moría por tocárselo, pero no se atrevía.

–No quería casarme con la mujer que mi madre había escogido, pero ya soy demasiado mayor como para que pueda obligarme a hacer algo que no quiero.

–Pero tu hermano...

–Ni siquiera un rey puede forzar un matrimonio si las dos partes no quieren.

Sydney sintió que le quitaban un gran peso de encima, como si ya no hubiera nada que mantuviera sus pies pegados al suelo.

—Te quiero, Malik. Por eso iba ir a Jahfar. Y sé que te importo. Lo sé por las cosas que haces, no por las palabras que dices. Ahora lo entiendo.

—No estoy muy seguro —le dijo él suavemente—. Pero quiero demostrártelo.

Se inclinó y la besó. Su boca era caliente, posesiva...

Ella enroscó los brazos alrededor de él, se arqueó contra él. Su cuerpo tenía la sed del desierto. Él la sujetaba con firmeza, colmándola de besos... Sydney sabía que ya nunca volvería a ser la misma. Quería arrancarle el traje del cuerpo, explorar cada rincón... Le quería sentir dentro, quería dormir acurrucada contra él, despertarse en sus brazos. Quería comer a su lado, reír a su lado, estar en la misma habitación, sin necesidad de decir nada.

—Ahem.

Malik la apretó contra su cuerpo y le dio un último beso antes de apartarla. Taj estaba en la entrada, espléndido con un traje impecable. El joven sonreía, con una ceja arqueada.

—¿Entonces has decidido perdonar al idiota de mi hermano, Sydney? Qué bueno. Hubiera sido un tanto embarazoso para él llegar solo a la fiesta.

—Taj —le dijo Malik en tono de advertencia.

Sydney se rio.

—Creo que los idiotas somos dos, pero, sí. Vamos juntos a la fiesta.

—Estupendo —dijo Taj—. ¿Entonces nos vamos? Sydney tiene que cambiarse y nuestro coche espera.

Capítulo 15

TODO fue de maravilla, aunque quizá no debería haber sido así. Malik era consciente de que quizá no le había dicho todo lo que tenía que decirle. Todavía le costaba mostrar sus sentimientos, sincerarse, desnudar su corazón ante ella. Le había dicho la verdad, que la necesitaba, que la deseaba y que su vida era un infierno sin ella. Pero todo eso no era suficiente. Había algo más, más profundo y hermoso de lo que jamás hubiera podido imaginar.

Él era un hombre testarudo. Le había llevado demasiado tiempo comprender por qué la necesitaba en su vida. Se había enamorado de ella desde el primer momento, pero no había hecho más que buscar la forma de meterla en su cama. Sin embargo, en algún punto del camino que habían recorrido, ella se había vuelto imprescindible en su vida... La observó desde el otro extremo del salón. Estaba preciosa, radiante... Resplandecía de pura felicidad, llena de vida. Aquel día, en el desierto, había creído que nunca más volvería a verla. Ella levantó la vista y se encontró con su mirada. Sonrió. Era como si sonriera solo para él. Todo su rostro se iluminaba con el amor.

Amor. Era real, su amor. Nunca antes le habían amado, hasta conocerla a ella. Y tenía que aprovecharlo, disfrutar de ese amor, saborearlo por el resto de su vida. La miró de arriba abajo, reparando en el fino vestido de seda de color rosa que había escogido para ella. No tenía tirantes y se ceñía a sus curvas como una caricia. Ella se había recogido el pelo, dejando al descubierto la grácil curva de su cuello.

Malik se estaba volviendo loco. Quería morderla, hacerla gemir... El hotel que había elegido para la fiesta era muy exclusivo. Los invitados estaban disfrutando de los canapés más selectos, bebían champán del mejor y reían sin parar. Una suave luz iluminaba la estancia, acariciando la silueta de la mujer a la que amaba. No podía quitarle la vista de encima. Sydney estaba al lado de su hermana, agarrada de ella, riendo por algo que acababa de decirle el invitado que estaba con ellas.

Una ola de rabia le recorrió por dentro de repente al recordar lo que Sydney le había contado acerca del novio de Alicia. Ya había hecho una llamada al respecto. Jeffrey Orr jamás volvería a molestarla. Por mucho que detestara tener que haberlo hecho, le había conseguido un traslado de puesto de trabajo que no podía rechazar. Debería haber terminado en una celda diminuta, pero, en vez de eso, había conseguido un ascenso con un sueldo mejor al otro lado del mundo.

No obstante, iba a tenerle bien vigilado a partir de ese momento. Si trataba de hacerle daño a otra mujer, terminaría entre rejas.

Sydney levantó la mirada hacia él. Su sonrisa se le clavó en el corazón. Era solo para él. La suave curva de sus labios decía lo mucho que le quería, que le necesitaba, que le amaba...

Era un hombre tan afortunado...

Ella le dio un pequeño abrazo a su hermana y se dirigió hacia él.

–¿Qué sucede, Malik? Te has puesto muy serio.

Él le puso el brazo sobre los hombros y la atrajo hacia sí para darle un beso. Jamás se cansaría de exhibir a su preciosa esposa.

–No es nada. Solo son negocios.

–Te escondiste muy bien –le dijo ella, sonriente–. Ni siquiera sabía que estabas en la ciudad. Alicia y mis padres guardaron muy bien el secreto.

–Te quieren mucho. Están orgullosos de ti.

–¿Por qué? ¿Por haber cazado a un marido rico y apuesto? –le dijo en un tono juguetón.

–No. Por ser quien eres –dijo él, completamente en serio.

Malik sabía que ella no le creía, pero tenía toda una vida por delante para convencerla de lo contrario. Al final ella terminaría por creerlo, al igual que él había aprendido a creer que era merecedor de su amor.

Los ojos de Sydney brillaron bajo la luz de las lámparas. Estaba conteniendo las lágrimas.

–Traté de llamarte.

–Lo siento –dijo él–. Cuando vi tus llamadas perdidas, ya estaba aquí y los planes estaban en marcha.

–Podrías haberme llamado.

Él la abrazó con ternura.

–No. No podía. No se me dan muy bien las conversaciones telefónicas, como bien sabes.

Ella puso los ojos en blanco.

–Oh, Malik, tienes que aprender algún día. No es tan difícil.

–A lo mejor sí que lo es –le murmuró al oído–. A lo mejor sí que es muy difícil.

Ella tomó el aliento bruscamente.

–¿Crees que sería un escándalo si nos fuéramos ahora mismo?

Él hizo como que miraba el reloj.

–Creo que podemos irnos a casa sin problema.

Ella sonrió de oreja a oreja.

Malik se preguntó cómo la había dejado marchar, cómo había podido vivir sin ella durante toda la vida. Bajó la cabeza y la besó.

Iba a ser algo rápido, pero en cuanto sus bocas se tocaron, fue como arrojar una cerilla encendida sobre un charco de gasolina. Ella era suave, cálida, deliciosa. Metió la lengua en todos los rincones de su boca, haciéndola suya de todas las formas posibles. Era suya, para siempre.

Un murmullo de ovaciones le devolvió a la realidad. Malik interrumpió el beso, más molesto que otra cosa. Sydney agachó la cabeza contra él, ruborizada.

—Creo que deberíamos irnos ahora.

Malik se rio.

—Y así lo vamos a hacer.

Se despidió de todo el mundo rápidamente y unos segundos después se dirigían hacia la limusina.

Ya en el vehículo, se hizo el silencio. Estaban sentados cada uno a un lado del coche. Si se tocaban, arderían chispas. Pero él quería hacer las cosas bien. Quería una cama, velas, champán... Quería que todo fuera perfecto para ella.

—Te preguntaría por qué estás ahí, tan lejos —dijo ella—. Pero creo que ya sé por qué.

—Solo soy un hombre, Sydney. No aguanto mucho antes de romperme.

—Y yo estoy deseando que te rompas.

Cuando por fin llegaron a su destino, ella le miró con desconcierto. La casa de Malibú brillaba a la luz de la luna... La limusina se detuvo en el camino circular, delante de la mansión. El motor seguía ronroneando suavemente.

–Es donde empezamos este viaje por segunda vez –dijo él–. Me gusta mucho.

No llegaron al dormitorio. En cuanto la puerta se cerró detrás de ellos, se arrojaron a los brazos del otro. Comenzaron a besarse, tocarse, quitarse la ropa... Mientras descubrían sus cuerpos también descubrían sus almas.

Malik quería adorarla como era debido, pero todo ocurrió demasiado deprisa. En cuestión de segundos, la acostó en el sofá y se tumbó sobre ella.

–Tenemos que ir más despacio –le dijo él.

–No, no. No quiero.

Enroscó las piernas alrededor de la cintura de él, le clavó los talones en el trasero. Él vaciló un momento; quería recordar ese momento por el resto de sus días; recordarla así, desnuda, con los pezones duros y húmedos, los labios hinchados de besos, el cabello alborotado, cayéndole sobre el cuello.

Preciosa. Suya.

–Malik, por favor –dijo ella–. Deja de jugar conmigo.

Y no hicieron falta más palabras. Él se rindió, total y completamente. La levantó en el aire y entró en su sexo de miel.

Felicidad, placer, alegría.

Amor.

Sydney nunca había conocido tanta felicidad. Yacía en los brazos de Malik, exhausta, pero llena de amor. Habían conseguido llegar a la cama. Una suave brisa marina entraba por las ventanas abiertas. No era muy fresca, pero se agradecía después del fragor de la batalla amorosa. El océano arrojaba olas que se estrellaban contra la orilla de la playa, olas eternas, sin fin... Siempre había pensado en él como una ola, una ola incansable que la arrastraba hacia abajo.

Se había equivocado, no obstante.

Él era incansable, pero no la arrastraba hacia abajo. La levantaba, la acompañaba, la invitaba a seguir a su lado para siempre. Y eso podía hacerlo. Quería hacerlo.

Sydney se volvió en sus brazos, vio que él estaba despierto, observándola. El corazón le dio el vuelco que siempre la daba cada vez que él estaba cerca.

—¿Qué piensas? —le preguntó, deslizando el pulgar sobre sus labios.

Le dolía amarle tanto, pero era un dolor con el que podía aprender a vivir.

—Pienso que no hay palabras que puedan describir este momento contigo. Pero tengo que decir las mejores que tengo, porque son las que más se acercan a la realidad.

Sydney deslizó una mano sobre su pecho.

—Estoy segura de que las palabras que escojas serán perfectas, sean las que sean. Porque sé que no las usarías si no fuera así.

—Entonces voy a decirlas —sonrió.

La hizo ponerse boca arriba y se puso encima de ella, apoyándose en el codo. Trazó la línea de su hombro con los dedos. Sydney sintió cosquillas de placer allí donde la tocaba. Aunque a esas alturas debería haber estado exhausta, no podía evitar reaccionar a sus caricias. Llamaradas de fuego empezaban a recorrerla de arriba abajo.

Le puso una mano sobre el corazón. Sintió el rápido palpitar.

—Te quiero, Sydney. Me hiciste creer en el amor cuando creía que era imposible. Y aunque temo que las palabras no son las adecuadas, te quiero.

–Oh, Malik –dijo Sydney, sintiendo lágrimas en los ojos. El corazón se le encogía de tanta felicidad–. Son perfectas.

–Aunque todavía soy un defensor de los hechos –le dijo, agachando la cabeza para chuparle un pezón.

–Oh, sí –exclamó ella, agarrándole de la cabeza y dejándose llevar–. Yo también...

¿Quién ha dormido en mi cama?

Ardiente, rico y atractivo, Gianni Fitzgerald controlaba cualquier situación. Sin embargo, un viaje de siete horas en coche con su hijo pequeño puso en evidencia sus limitaciones.

Agotado, se metió en la cama…

Cuando Miranda despertó y encontró a un guapísimo extraño en su cama, su primer pensamiento fue que debía de estar soñando. Sin embargo, Gianni Fitzgerald era muy real.

Una ojeada a la pelirroja y el pulso de Gianni se desbocó. Permitirle acercarse a él sería gratificante, pero muy arriesgado. ¿Podría Gianni superar su orgullo y admitir que quizás hubiera encontrado su alma gemela?

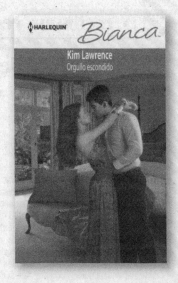

Orgullo escondido

Kim Lawrence

Amante en la oficina

NATALIE ANDERSON

En el pasado, la mimada Amanda Winchester había estado fuera del alcance de Jared James. Pero habían cambiado las tornas: Jared tenía éxito, Amanda no poseía nada y él era su nuevo jefe. Había llegado la hora de la venganza… y acostarse con la deliciosa Amanda sería su recompensa.

Amanda odiaba que Jared tuviera ventaja, aunque sucumbir a sus sensuales demandas fuera una dulce tortura. Pero cuando Jared se dio cuenta de que se estaba llevando su virginidad, todo cambió. No contento con una noche, estaba decidido a tener a Amanda… una y otra vez.

Chispas en la oficina...
y en el dormitorio

¡YA EN TU PUNTO DE VENTA!

Decidió que sería la mujer fatal que él creía que era…

Muy pocas personas se atrevían a desafiar al magnate griego Zak Constantinides. Era el dueño de un imperio hotelero y le gustaba tenerlo todo bajo control. Cuando vio que la diseñadora de interiores de su hotel de Londres iba detrás del dinero de su hermano, decidió tomar cartas en el asunto y trasladarla inmediatamente a Nueva York. Emma tal vez tuviera más de un vergonzoso secreto, pero no estaba interesada en el hermano de Zak ni en su dinero. Decidida a bajarle los humos a su arrogante y despótico jefe, aceptó el trabajo que le ofrecía en Nueva York …

Juego perverso

Sharon Kendrick